Une nuit aux Bermudes

W0182188

LOUISE FULLER

Une nuit aux Bermudes

Traduction française de
FLORENCE MOREAU

AZUR

HARLEQUIN

Collection : Azur

Titre original :
ONE FORBIDDEN NIGHT IN PARADISE

© 2023, Louise Fuller.
© 2024, HarperCollins France pour la traduction française.

Ce livre est publié avec l'autorisation de HARLEQUIN BOOKS S.A.

Tous droits réservés, y compris le droit de reproduction de tout ou partie de l'ouvrage, sous quelque forme que ce soit.
Toute représentation ou reproduction, par quelque procédé que ce soit, constituerait une contrefaçon sanctionnée par les articles 425 et suivants du Code pénal.

Si vous achetez ce livre privé de tout ou partie de sa couverture, nous vous signalons qu'il est en vente irrégulière. Il est considéré comme « invendu » et l'éditeur comme l'auteur n'ont reçu aucun paiement pour ce livre « détérioré ».

Cette œuvre est une œuvre de fiction. Les noms propres, les personnages, les lieux, les intrigues sont soit le fruit de l'imagination de l'auteur, soit utilisés dans le cadre d'une œuvre de fiction. Toute ressemblance avec des personnes réelles, vivantes ou décédées, des entreprises, des événements ou des lieux serait une pure coïncidence.

HARPERCOLLINS FRANCE
83-85, boulevard Vincent-Auriol, 75646 PARIS CEDEX 13
Service Clients — www.harlequin.fr
ISBN 978-2-2805-1041-7 — ISSN 0993-4448

Édité par HarperCollins France.
Composition et mise en pages Nord Compo.
Imprimé en novembre 2024 par CPI Black Print (Barcelone)
en utilisant 100% d'électricité renouvelable.
Dépôt légal : décembre 2024.

FSC
www.fsc.org
MIXTE
Papier issu de sources responsables
FSC® C159065

Pour limiter l'empreinte environnementale de ses livres, HarperCollins France s'engage à n'utiliser que du papier fabriqué à partir de bois provenant de forêts gérées durablement et de manière responsable.

1

Quand Jemima Friday descendit de l'avion, à l'aéroport international L. F. Wade, elle se retrouva immédiatement plongée dans l'air chaud des Bermudes, aussi doux que des draps séchés au soleil.

Il y avait juste sept heures et dix-sept minutes qu'elle avait décollé de l'aéroport d'Heathrow ; pourtant il lui semblait être arrivée non pas dans un pays différent, mais sur une autre planète. Disparu les nuages gris et contrariants de Londres ! Ils avaient été remplacés par un ciel dégagé, d'un azur parfait, et par un soleil éclatant. En outre, tous les gens qu'elle croisait depuis son arrivée au terminal étaient vêtus de tons pastel et souriaient.

Soudain, son cœur la tirailla. En ce moment, elle-même était un peu avare de sourires. En effet, elle avait encore dû demander à sa banque d'augmenter son autorisation de découvert, sa thèse sur les récifs « accidentels » n'avançait plus, et, pour couronner le tout, en rentrant à la maison la semaine dernière, elle avait surpris son petit ami Nick avec une autre femme, dans leur lit.

Et puis elle appréhendait ces premières vacances en solo, même si elle devait bien avouer que l'idée de fuir la scène du crime pour une destination où le soleil brillait en permanence et où les gens souriaient sans raison n'était sans doute pas complètement insensée. Et si elle trouvait ici, elle aussi, un motif de sourire ? pensa-t-elle en tendant son passeport au guichet de contrôle. Et pourquoi pas une aventure amoureuse ? C'était ce dont sa sœur Holly était convaincue.

Néanmoins, vu ses relations passées avec les hommes, cette éventualité était hautement improbable.

Deux jours auparavant, Holly et Ed avaient débarqué chez elle avec des sushis et de la glace au chocolat, puis lui avaient suggéré dans la foulée de prendre des vacances.

— Impossible. Je ne peux pas tout laisser tomber et m'envoler pour l'autre bout du monde, avait-elle protesté, effarée par leur proposition.

— Pourquoi pas ? Et puis les Bermudes, ce n'est pas à l'autre bout du monde. Juste à sept heures d'ici, avait répondu Ed en s'affalant sur le canapé, avant de froncer les sourcils et d'ajouter : Ne me dis pas que ce crétin a emporté la télé ?

Si. Et il avait aussi pris son peignoir, qui ne pendait plus derrière la porte de leur chambre, tout comme ses guitares, contre lesquelles elle ne trébuchait plus. Pire : elle avait l'impression qu'il lui avait arraché le cœur.

Mais comment avait-elle pu croire que Nick serait différent de ses ex ? Dès leur première rencontre, elle avait bien vu qu'elle avait affaire à un loser : guitariste dans un groupe, il était rémunéré en bières et dormait sur le canapé de ses amis. Seulement, au lieu de prendre ses jambes à son cou, elle l'avait revu.

D'abord horrifiés, bien sûr, Holly et Ed s'étaient résignés, concédant qu'il correspondait à son type d'homme : beau, abîmé par la vie et destiné à lui briser le cœur. Et, consciente qu'ils avaient raison, elle avait malgré tout entamé une relation avec lui avec l'intention de le transformer, de le sauver de lui-même. Ce qu'elle n'avait pas réussi à faire avec son père...

Ce père qu'elle venait attendre, adolescente, à la fermeture des pubs pour le ramener à la maison... Il lui avait fallu longtemps pour comprendre qu'il était impossible de secourir une personne contre son gré mais, désormais, on ne l'y reprendrait plus.

Elle en avait assez des hommes torturés qui ne pourraient jamais changer.

Assez des hommes, un point c'est tout.

— Ne change pas de sujet ! avait-elle dit à Ed pour l'empêcher de poursuivre sa diatribe contre le comportement perfide de son ex.

Elle savait déjà tout le mal qu'il pensait de Nick et de sa naïveté à elle ! Cela étant, elle n'avait guère envie d'épiloguer sur le projet insensé des jumeaux.

— Il est évident que je ne peux pas aller aux Bermudes, avait-elle poursuivi. Je vous rappelle que je suis censée terminer ma thèse ! Écoutez, c'est une suggestion adorable, et je vous adore, mais je ne peux pas...

— Exactement ! Tu ne peux pas refuser, l'avait interrompue Holly avec un sourire penaud. Car ce n'est pas une suggestion, mais une réalité. Nous avons réservé ton vol.

— Et trouvé une location, avait poursuivi Ed. Tu pars demain après-midi et oui, on te prévient au dernier moment...

Il avait alors levé le bras comme un policier pour couper court à son flot de protestations.

— ... et oui, on aurait dû te prévenir avant de réserver, mais on savait très bien que, si on te donnait le temps de réfléchir, tu ne partirais jamais.

Holly lui avait aussitôt pris la main, et l'avait attirée sur le canapé, près d'elle.

— Je sais que tu t'inquiètes pour ta thèse, mais tu travailles dessus depuis dix mois, à présent. Dix petits jours de vacances ne vont pas changer grand-chose. Et puis tu as toujours rêvé d'aller aux Bermudes, et c'est un endroit idéal pour travailler.

— Si j'y vais pour travailler, autant rester ici. En plus, ils n'ont sans doute pas de connexion Internet, là-bas.

Sentant vraisemblablement qu'elle commençait à fléchir, Holly lui avait adressé un grand sourire.

— Bien sûr que si, Jem ! J'ai vérifié. Et comme tu le sais déjà, leurs côtes abritent au moins quatre cents épaves. Donc si tu trouves un marin sexy qui t'emmène faire un tour en bateau, tu pourras considérer que cela fait partie des travaux de recherche pour ta thèse.

— Tu ne t'es pas accordé de vacances depuis des années, avait renchéri son frère. Or, tout le monde a besoin de se reposer, Jem. Même toi.

Vacances.

Ce mot avait le goût savoureux d'un sorbet à la mangue, et, comme attendu, elle avait capitulé : quand les jumeaux s'alliaient contre elle, elle gagnait rarement la partie. En outre, elle avait bien dû admettre qu'à la perspective de séjourner seule sur une île inconnue, loin de son cottage déserté, elle avait éprouvé un certain soulagement.

— S'il te plaît, Jem ! Tu en as besoin. Et promets-moi d'en profiter pleinement, avait dit Holly. Ainsi que de détacher ta belle chevelure et de mettre des lentilles !

— OK, OK, je ne me ferai pas de chignon.

— Et puis amuse-toi ! avait encore supplié Holly tandis que ses beaux yeux bleus lançaient des éclairs. Accorde-toi une aventure. Tu n'échanges pas seulement ton cottage avec une Bermudienne, mais aussi ton mode de vie.

— Tu ne sais rien d'elle ! C'est peut-être un cas social.

— Alors, choisis qui tu veux être ! Réinvente-toi.

Les jumeaux ressemblaient à leur père, et elle au sien, c'était toute la différence entre eux. Quand la vie leur donnait des citrons, ils les transformaient en limonade, alors qu'elle n'allait jamais jusqu'au bout de la préparation, trop préoccupée par les proportions à respecter entre le sucre et les citrons. Et à se demander si ceux-ci étaient vraiment assez mûrs.

« Réinvente-toi. »

Les paroles de Holly résonnaient encore dans sa tête au moment où elle arriva au tapis roulant à bagages... Et si elle était la chanceuse dont la valise arrivait en premier ?

Aussi incroyable que cela puisse paraître, ce fut ce qui se produisit ! Jusque-là tout se passait bien. Toutefois, consciente qu'elle devait à présent trouver le bungalow de Joan sur la plage, elle se dirigea vers la sortie avec angoisse...

Il était si étrange de penser qu'elle allait séjourner dans la maison d'une autre personne, et l'idée que Joan occuperait Snowdrop Cottage pendant ce temps l'était plus encore. Elle se mordit la lèvre. Elle n'avait discuté qu'une fois avec Joan Santos : celle-ci semblait amicale et bonne vivante, et Holly avait promis qu'elle passerait lui dire bonjour. *Cesse de te tracasser*, s'ordonna-t-elle. Mais c'était plus facile à dire qu'à faire, puisque s'inquiéter était pour elle aussi naturel que respirer. Or, ces vacances impromptues l'avaient propulsée hors de sa zone de confort.

Mais voilà : il était trop tard pour y penser.

Une ligne de taxis attendait les voyageurs à l'extérieur de l'aéroport : elle respira profondément, convoqua le charme de sa jeune sœur et le flegme de son frère, et s'approcha du premier taxi.

— Où allons-nous ? demanda le chauffeur en mettant ses bagages dans le coffre.

— À Farrar's Cove, s'il vous plaît. Vous connaissez ?

— Bien sûr ! dit-il.

Il referma le coffre et lui sourit.

— Ne vous inquiétez pas. C'est magnifique, là-bas. Calme et très intime. Vous aurez la plage presque pour vous toute seule. D'ailleurs, si c'est trop calme pour vous, remontez la rive par la droite : vous tomberez sur le Green Door où vous pourrez danser jusqu'à l'aube.

— Le Green Door ? répéta-t-elle en montant dans la voiture.

— C'est un bar, précisa-t-il avec un sourire plus grand encore. Typique des Bermudes. Là-bas, vous ne trouverez pas beaucoup de touristes, même si c'est le plus formidable de l'île. Ils ont le meilleur rhum, la meilleure musique. Et je ne dis pas ça parce que ma sœur y travaille.

Elle le vit de nouveau sourire, dans le rétroviseur.

— Demandez Aliana. Elle s'occupera bien de vous. Dites-lui que vous venez de la part de Sam. C'est moi.

— Ravie de faire votre connaissance, Sam. Je m'appelle Jemima, enfin tout le monde m'appelle Jem.

Et elle lui sourit. C'était très gentil de sa part de lui donner de bonnes adresses, même si elle n'était pas du genre à fréquenter les bars. Elle ne buvait pas, et quant à danser... Soudain, elle toucha son chignon. Détacher ses cheveux n'avait rien d'évident pour elle.

Se calant contre la banquette arrière en cuir, elle regarda les rues défiler derrière la vitre. À part le légendaire triangle et le fameux « bermuda », elle savait juste que l'île était censée avoir inspiré Shakespeare pour le cadre de *La Tempête*. Alors qu'ils traversaient Hamilton, la capitale, elle découvrit avec étonnement un petit paradis pastel.

Tout était peint dans les tons de rose, jaune et bleu clair, même si c'était surtout le rose qui prédominait. Quel contraste avec les villes grises de l'Angleterre ! Même si, de manière étrange, il y avait des cabines téléphoniques rouges à l'ancienne, typiquement britanniques.

Comme celle dans laquelle Nick l'avait entraînée lors de leur première soirée, parce qu'il pleuvait des cordes. Elle avait trouvé cela si romantique ! Une semaine plus tard, il lui disait être amoureux d'elle et emménageait dans son cottage.

L'endroit même où, le jour de l'affreuse découverte, elle avait voulu lui faire une surprise. Aucun signe anormal ne l'avait mise en garde lorsqu'elle était entrée. La musique qu'il aimait résonnait à plein volume, le chauffage était lui aussi à fond – forcément, il ne payait pas les factures ! Elle se rappelait encore l'agacement qu'elle avait ressenti.

Et tout à coup, elle avait vu leurs corps fiévreusement enlacés dans la lumière pâle de ce fatidique après-midi, puis la bouche de la femme former un O sous l'effet du choc que lui avait valu l'arrivée de Jem.

La femme s'était tout de suite enfuie, Nick était resté. D'abord sur un ton défensif, puis accusateur, il lui avait énuméré tous ses défauts, avant de filer à son tour. Et voilà ! Un autre échec, une autre relation qui lui rappelait comme à chaque fois qu'elle n'avait pas su sauver son père de ses démons…

L'espace d'un instant, les ombres du passé semblèrent s'immiscer dans le taxi, mais elle les repoussa : pendant ce séjour sous le soleil, elle était aussi résolue à se libérer – le temps qu'il durerait – de ses souvenirs et de ses regrets !

Quand ils sortirent de la ville, elle aperçut assez vite des éclats de sable rose et une mer bleue transparente. Sam continuait de lui parler tranquillement des Bermudes, et, lorsque son auto ralentit, elle se rendit compte qu'elle était bien moins nerveuse qu'à son arrivée à l'aéroport.

Ils avaient quitté la route goudronnée cinq minutes plus

tôt, et roulaient à présent sur de la terre battue. Subitement surgirent des dunes et le souffle lui manqua devant la beauté du paysage. En un clin d'œil, elle se retrouva devant la porte du petit bungalow peint en vert pâle.

Quand Joan avait dit qu'il était « compact », elle ne plaisantait pas. En revanche, le sable rose arrivait jusqu'aux marches de la véranda.

Incroyable ! Il y avait aussi des palmiers.

L'endroit semblait sortir des pages de *Robinson Crusoé*. Il était parfait : elle prit aussitôt une photo qu'elle envoya à Holly et Ed.

L'intérieur du bungalow était aussi petit que l'annonçait l'extérieur : son cottage paraissait presque spacieux, en comparaison. Il y avait juste une chambre, une minisalle de bains et un salon avec cuisine aménagée. Un bol rempli de fruits exotiques était disposé sur une table miniature ; en dessous, Joan avait laissé un message à son attention.

Salut, Jem !

Bienvenue chez moi. Utilise tout ce dont tu as envie. J'ai changé les draps et lavé les serviettes de la salle de bains, juste avant de partir. Tu verras, elles sentent bon la lessive.

Pour info : ma bécane m'a lâchée hier et je n'ai pas eu le temps de la faire réparer. Mais tu peux en louer une à Hamilton.

Bonnes vacances !

Joan

x

Joan avait vraiment l'air adorable, et il était regrettable qu'elles ne soient pas destinées à se rencontrer. Soudain, elle fronça les sourcils. Qu'entendait-elle par cette « bécane » qui l'avait « lâchée » ? Parlait-elle de son ordinateur ? Curieux ! Intriguée, elle questionna Sam qui se mit à rire.

— Ça veut dire « mobylette ». Celle de Joan est en panne. Comment allez-vous faire pour vous déplacer ?

À vrai dire, elle n'avait même pas pensé à ça. Elle avait eu si peu de temps pour se retourner.

— Ce n'est pas très grave, je n'ai pas de permis pour les deux-roues à moteur…

— Pas besoin de permis si vous en louez une. Je vous conseille d'aller au Cycle Shack. C'est une boutique sur le port. Si vous voulez, je vais vous y déposer sur mon trajet de retour à l'aéroport.

De toute évidence, le Cycle Shack n'était pas un simple lieu de location de vélos ou de mobylettes, comme Jem put le constater. On y vendait aussi du matériel, du café frais, et l'endroit faisait aussi office de relais-colis. À en juger par les gens qui se saluaient et discutaient dans la longue file d'attente, c'était une boutique très conviviale.

Quand ce fut enfin son tour, la femme derrière le comptoir lui demanda avec un sourire en quoi elle pouvait l'aider.

— Je voudrais louer une mobylette. Enfin, il serait préférable que j'en essaye d'abord une.

— Pas de problème. Je vais appeler quelqu'un.

Et sur ces mots, la vendeuse disparut.

Elle entendit alors un message arriver sur son portable, et le sortit de son sac. Holly, en réponse à sa photo, lui avait envoyé le gif d'une noix de coco qui tombait sur la tête de quelqu'un.

Comme elle s'en doutait, Ed n'avait pas encore lu son message.

Elle soupira et vit soudain un homme coiffé d'une casquette rouge et chargé d'un carton entrer dans l'échoppe. Son sauveur ! songea-t-elle. Au moment où il déposa son chargement sur le comptoir, elle se heurta à son regard vert. Après quoi, il prit une écritoire à pince... et lui tourna le dos.

Elle sentit son pouls s'accélérer et le rouge lui monter au visage. Il avait forcément remarqué sa présence. Aussi, qu'attendait-il pour s'occuper d'elle ? Malgré elle, elle remarqua sa carrure sous son T-shirt moulant... Comme il ne se retournait pas, elle s'éclaircit la voix.

Devant son manque de réaction, elle sentit une certaine irritation la gagner.

— Excusez-moi, lui dit-elle. Pensez-vous pouvoir m'aider ?

Cette fois, il pivota sur ses talons, et le cœur de Jem fit un bond dans sa poitrine quand il plongea ses yeux couleur émeraude dans les siens. Sous sa casquette, il était d'une beauté sidérante : de hautes pommettes saillantes, des mâchoires carrées et une bouche aux courbes sensuelles. Il se pouvait qu'il ne l'ait pas vue, mais en raison de sa taille et de son physique, l'inverse aurait été impossible.

— Vous aider ?

Sa voix, profonde et rocailleuse, lui plut instantanément, elle aussi.

— À mon avis, oui, trésor, tu peux l'aider ! susurra la femme juste derrière elle.

Un petit sourire amusé éclaira les traits de l'Adonis, puis il s'avança vers elle avec l'habileté dangereuse d'un pirate surgissant sur le pont de son navire.

Pardon ?

Un rien déconcertée par l'image qui venait de naître dans son cerveau, et espérant de pas être toute rouge, elle se raidit et approuva la cliente.

— Oui, s'il vous plaît. Si vous n'êtes pas trop occupé.

Génial ! Pour une raison inconnue, elle venait de prendre

cette voix que Holly et Ed estimaient digne d'une « directrice d'école ».

Quand il se planta juste devant elle, elle sentit son estomac se serrer et de petits picotements sur sa peau.

— Et comment puis-je vous aider ? demanda-t-il d'un ton doucereux.

Elle crut manquer d'air. Vus de plus près, ses iris étaient en réalité bleus, marron et or : c'était comme regarder par le truchement d'un kaléidoscope.

Il n'était pas aisé de détourner les yeux de sa personne, ce dont il paraissait tout à fait conscient : sur cette île si petite, les femmes devaient se presser devant sa porte.

— J'ai besoin de trouver un moyen pour faire le tour de l'île, commença-t-elle légèrement essoufflée. Donc si je pouvais obtenir des conseils...

— De ma part ?

Il la scruta un instant, comme s'il prenait une décision.

— Bien, entendu, allons à l'extérieur ! ajouta-t-il.

Dehors, une odeur d'essence se mêla à celle de la mer quand elle le suivit vers deux rangées de mobylettes reposant sur leur béquille, sous le soleil. Derrière se trouvaient des vélos, stationnés de la même façon. De nouveau, il se tourna vers elle... et elle déglutit avec difficulté. Elle avait cru qu'à la lumière naturelle, il aurait l'air plus ordinaire, mais c'était tout le contraire : les rayons du soleil accentuaient les traits sublimes de son visage.

Surmontant sa gêne, elle se lança :

— Quelles sont mes options ?

— Elles sont au nombre de trois.

Il désigna la rangée de mobylettes noires.

— Celles-ci sont pratiques, font bien leur job et personne ne les remarque. Et puis nous avons ceci...

Il posa alors la main sur un scooter couleur pistache avec une selle en cuir crème et un panier en osier.

— Ils sont italiens. Un peu plus rapides, et bien plus stylés.

— Et la troisième possibilité ?

Plissant les yeux à cause du soleil, il retira sa casquette et la glissa dans sa poche arrière.

— Un bon vieux vélo. Ce qui est sans doute le choix le plus adapté pour vous. C'est en tout cas ce que je recommanderais aux personnes prudentes.

À ces mots, la colère l'étreignit. Que savait-il de son caractère ?

— Il ne faut jurer de rien ! rétorqua-t-elle d'un ton tendu.

— Exactement ! Et comme vous n'aimez pas sortir de votre zone de confort...

Elle plissa les yeux.

— En fait, j'ai une préférence pour le scooter.

— Vraiment ? dit-il d'un air amusé. Même sans l'essayer ?

Elle le regarda fixement.

— Inutile. Mon frère a une mobylette.

— Grand bien lui fasse, mais c'est vous qui m'intéressez.

Et là-dessus, il la scruta attentivement ; elle se sentit rougir. Elle l'intéressait en tant que cliente, se dit-elle bien vite ; toutefois, le défi sans ambiguïté qui se reflétait dans ses prunelles la laissa sans voix.

À la fois paniquée et furieuse, elle le vit relever la béquille du scooter pour l'approcher d'elle. Elle était aussi animée par une autre sensation qu'elle préférait ne pas analyser.

— C'est pourquoi je vous conseille de l'essayer, tout comme de mettre cette chose...

Et il lui présenta le casque qu'il venait de décrocher du scooter. Mais au moment où elle l'enfila, elle se rendit compte que son chignon bloquait.

— Une seconde, je vais vous aider.

Avant qu'elle n'ait le temps de protester, elle sentit les doigts de l'homme sur sa nuque, et ses cheveux tombèrent dans son dos.

— Voilà ! Vous pouvez le mettre, maintenant.

Il l'avait à peine effleurée et pourtant, quand il s'écarta d'un pas, elle dut faire abstraction du potentiel explosif que ce léger contact avait eu sur elle.

Cette fois, elle enfila le casque sans problème.

Il s'empressa de lui donner quelques conseils d'utilisation, puis l'invita à monter dessus et à faire le tour du parking. Un sentiment d'exaltation se saisit de tout son être lorsqu'elle se faufila entre les voitures garées : elle se fit subitement l'effet d'un personnage de film en noir et blanc. Dommage que Holly ne soit pas là pour la voir !

Quand elle s'arrêta, elle lança un regard triomphal dans la direction où se tenait l'employé... pour constater qu'il avait disparu. Elle coupa alors le contact, puis remit le scooter à sa place, sur sa béquille, sentant son exaltation refluer d'un coup. Peut-être était-il rentré pour remplir le formulaire de location. Casque à la main, elle s'assit sur le siège.

— Ohé !

Son cœur fit une embardée et elle tourna vivement la tête. Mais ce n'était plus le même homme qui s'avançait vers elle avec un sourire chaleureux.

— Bonjour, je m'appelle George. En quoi puis-je vous aider ?

— C'est bon, on s'occupe déjà de moi... C'est juste que je ne sais pas où il est parti. Il était ici et il s'est...

Elle s'interrompit en apercevant une casquette rouge familière sur la jetée.

— Mais où va-t-il ? ajouta-t-elle.

— Qui ? demanda George en regardant dans la même

direction qu'elle. Ah, vous parlez de Chase ? Il regagne sans doute son bateau.

— Vous voulez dire qu'il est pêcheur ? Mais je pensais qu'il travaillait ici.

George secoua la tête avec un petit sourire.

— Non, Chase ne travaille pas pour moi.

Choquée et confuse, Jem suivit des yeux la silhouette qui s'éloignait. Ses joues la brûlaient.

Elle finit par se décider pour une bicyclette, abandonnant l'idée du scooter. L'attitude de Chase l'avait déstabilisée.

Un de plus qui lui avait menti, pensa-t-elle, la gorge nouée. Elle en avait presque la nausée. Après l'affabilité de Sam, le cadre paradisiaque de son bungalow sur la plage et le soleil des Bermudes, elle avait cru avoir enfin échappé aux vieux schémas. Et, ainsi que Holly et Ed le lui avaient conseillé, pouvoir s'affirmer ici comme une personne différente : audacieuse, aventurière et sexy.

Mais voilà que ce Chase venait de lui faire croire qu'il travaillait au Cycle Shack ! Cependant, à bien y réfléchir, si elle était toute retournée, ce n'était sans doute pas uniquement lié à son interaction sous haute tension avec lui. La journée avait été longue ! Alors qu'elle revenait au bungalow, son téléphone lui annonça l'arrivée d'un message. C'était son frère, cette fois.

Un plongeon toute nue dans l'océan ? Vas-y, je te mets au défi !

Elle demeura d'abord pensive, les yeux rivés à l'écran, puis éclata de rire, même si elle savait qu'Ed ne plaisantait pas : à sa place, il aurait déjà été en train de faire des pirouettes dans l'eau. Rien ne l'arrêtait, tandis qu'elle déclarait toujours forfait. Parfois, elle avait même la sensation que cela s'appliquait à sa vie entière.

Mettant sa main en visière, elle inspecta la plage : elle était complètement vide ! Un peu comme si elle venait d'échouer sur une île déserte.

Vas-y, je te mets au défi !

Son cœur manqua un battement. Était-elle capable de le relever ? De se baigner toute nue dans la mer ? Elle avait bien un bikini, mais c'était Holly qui l'avait choisi, ce qui signifiait qu'il était si étroit que le mettre ou pas revenait un peu au même.

Se mordant la lèvre, elle regarda de nouveau la plage, gagnée par l'excitation. Il n'y avait vraiment personne alentour.

Vas-y, je te mets au défi !

Ignorant les papillons qui voletaient dans son estomac, elle courut vers la maison, enleva ses lunettes, prit une serviette dans la salle de bains puis, avant de changer d'avis, ôta bien vite ses vêtements et s'enveloppa dans le drap de bain.

Une fois au bord de l'océan, elle jeta un dernier coup d'œil à droite et à gauche, puis laissa tomber sa serviette sur le sable rose et s'élança dans l'eau. Elle était délicieuse et, contrairement à celle qu'elle connaissait en Angleterre, complètement transparente. *Je l'ai fait*, se dit-elle, triomphante.

Avant d'entendre un bruit curieux !

Elle se figea, prise de panique, puis se ressaisit : elle se faisait sans doute des idées. Mais voilà qu'elle l'entendit de nouveau ! Quelque part, tout près, quelqu'un sifflait. Elle se retourna vivement vers la grève, mais il n'y avait personne. Elle balaya la baie de ses yeux plissés... Subitement, le cœur cognant comme jamais, elle jaillit hors de l'eau, se précipita vers sa serviette et s'en recouvrit avant de déguerpir. Une fois arrivée au bungalow, elle referma prestement la porte derrière elle.

Maintenant la serviette bien serrée autour de son corps

parcouru de tremblements, elle inspecta de nouveau la plage par la vitre de la fenêtre...

Et tout à coup, elle l'aperçut, debout sur son paddle, glissant sans effort sur l'eau. Elle n'avait pas encore remis ses lunettes, mais elle n'en avait pas besoin pour savoir qui c'était : en effet, jamais elle n'avait croisé une personne se mouvant avec cette grâce insouciante.

Du bout de la langue, elle s'humecta les lèvres.

Ce Chase, dont elle ignorait le nom de famille, avait exactement la même allure que tout à l'heure au port, à ceci près qu'il avait ôté son T-shirt : cette vue lui coupa le souffle. D'un œil gourmand, elle parcourut ses biceps, puis se concentra sur son torse, doré par le soleil et incroyablement musclé...

Waouh ! Sa gorge devint toute sèche, et elle se retrouva aux prises avec un grand tumulte intérieur. Sa peau lui sembla en feu. La respiration saccadée, elle posa la main sur sa nuque, là où il l'avait effleurée... À cet instant, depuis son paddle, Chase parut inspecter le bungalow, comme si celui-ci l'attirait, que le même courant électrique le traversait. Ce qui était bien sûr impossible, juste le produit de son imagination ! Comme au Cycle Shack : leur échange s'était apparenté à un jeu pour lui, mais elle y avait vu davantage.

Il était à présent sorti de son champ de vision. Elle se laissa glisser le long de la porte, honteuse, amère...

Elle avait eu tort de venir ici. Elle n'était pas assez courageuse pour se réinventer en une autre personne. Dès demain, elle changerait la date de son billet retour pour rentrer sans tarder à la maison.

Elle demeura longtemps enveloppée dans la serviette de Joan, jusqu'à ce que l'horizon ait avalé le soleil. Elle admira ensuite le ciel étoilé de la nuit. Cependant, quand elle se mit au lit et ferma les paupières, elle eut l'impression que les étoiles n'étaient pas blanches mais scintillaient d'un vert émeraude, pareil aux yeux de Chase.

2

Nom d'un chien !

En grimaçant, Chase Farrar leva la main et regarda l'agrafe qu'il venait de s'enfoncer dans le doigt.

Franchement, comment avait-il fait ? Bon, il ne lui restait plus qu'à trouver une pince à épiler pour la retirer, même si, pour commencer, il devait se laver les mains – ce qui contribuerait peut-être à la déloger, d'ailleurs.

Ouvrant en grand la porte de son bureau, il parcourut le corridor, salua Callum sur son passage – un membre de l'équipage de l'*Umbra* qui en comptait vingt. Il y avait une trousse de secours à l'infirmerie, ainsi qu'à d'autres endroits du bateau.

Brusquement, il s'arrêta de marcher, et fronça les sourcils : il avait oublié le réapprovisionnement médical au Cycle Shack ! Il jura de nouveau, de façon plus audible cette fois. Que lui arrivait-il ? Il n'oubliait jamais rien, d'ailleurs son assistante new-yorkaise lui avait dit un jour en plaisantant qu'ils devraient inverser leurs fonctions.

— Tout va bien, patron ?

Callum s'immobilisa lui aussi et le scruta d'un air interrogateur. À cet instant, il se demanda ce que penserait le matelot s'il lui avouait la vérité, à savoir qu'un regard gris clair l'avait complètement chamboulé et même poussé à faire croire que son métier était de louer des deux-roues. Mais il se contenta de hocher la tête.

— Oui. Je me suis juste planté une agrafe dans le pouce et j'ai besoin d'une pince à épiler. Soit dit en passant, j'ai oublié le matériel médical en ville.

Pourtant, c'était autre chose qu'il aurait voulu oublier, notamment la façon dont la sublime inconnue l'avait jaugé, d'un coup d'œil prompt et indifférent.

Il l'avait identifiée comme une touriste avant même qu'elle ne le lui précise. Ses vêtements la trahissaient d'emblée. Elle était peut-être enseignante, pensa-t-il, alors que sa voix un peu voilée mais presque critique résonnait de nouveau dans sa tête. Il aurait juré qu'elle l'était depuis peu. Elle devait avoir dans les vingt-cinq ans, mais elle s'efforçait manifestement de paraître plus âgée en portant des lunettes et un chignon.

Il serra le poing. C'était cette main qui avait effleuré sa nuque quand il lui avait détaché les cheveux. Un élan de chaleur lui parcourut la peau et ses doigts l'élancèrent.

Elle n'était pas mariée. Il repérait les femmes mariées de loin, avec ou sans alliance. Mais de toute façon, qu'est-ce que ça pouvait bien lui faire, qu'elle ait un époux ou non ?

Pour chasser ses pensées, il reprit :

— Callum, pourras-tu aller chercher le paquet de matériel médical à notre arrivée ? Je peux compter sur toi ?

— Bien sûr !

Sur ces paroles, il gagna l'infirmerie, se lava les mains et parvint facilement à retirer l'agrafe. Il manquait plusieurs choses dans la trousse de secours, et de nouveau son oubli l'agaça.

L'*Umbra* était son bateau, l'équipage relevait de sa responsabilité, et il prenait leur santé et leur sécurité très au sérieux.

Des accidents pouvaient se produire, il le savait mieux que personne, même si la plupart étaient évitables. Heureusement qu'ils n'étaient plus loin de la côte !

Refermant la trousse d'un geste énervé, il la raccrocha au mur.

Il y avait fort longtemps qu'une femme ne l'avait pas hanté à ce point. Depuis des années à présent, sa vie était clairement compartimentée : à New York, il gérait la plus grande société d'assurances du monde, la Monmouth Rock, et quand il ne travaillait pas, il faisait du sport et dormait. Parfois, il sortait avec des femmes amies de ses connaissances, des personnes de son cercle. Mais il mentionnait toujours ses intentions – et ses limites – dès le début ; jamais il n'entretenait de relations durables.

Après tout ce qu'il avait vécu, seules les liaisons brèves et désinvoltes lui convenaient. Et ces règles agréaient aussi à de nombreuses femmes.

Quand il venait aux Bermudes, c'était encore plus clair. Au lieu de travailler, il consacrait son énergie, ainsi que son immense fortune, à la recherche d'épaves. Aussi, tout bien considéré, la vie était belle. Simple.

Et voilà que cette blonde croisée au Cycle Shack était venue tout compliquer. En sa présence, il avait eu l'impression de perdre contenance, que ses pensées s'étaient emmêlées. D'ailleurs, il avait été si distrait, ou plus exactement si fasciné par son regard éclatant, qu'il en avait laissé le stock médical là-bas.

Elle avait rougi quand il avait défait son chignon, ce qui l'avait complètement subjugué : il existait donc encore dans le monde des femmes aussi sensibles ? La légère coloration de ses joues avait eu un effet direct sur sa libido.

Elle aussi l'avait perçu. Il l'avait sentie se tendre, lutter contre les émotions qui l'assaillaient également. Sur une impulsion, il sortit sur le pont où il aspira l'air à pleins poumons, tout en guettant un éventuel éclat blond, dans la foule, sur le port.

Agacé, il pivota sur ses talons pour faire face à la mer : tout cela ne signifiait rien du tout, cette jeune touriste l'avait juste surpris. Il était toujours à cran, à cette époque de l'année. Et s'il appelait Emma ? Il se tournait toujours vers elle quand il avait besoin d'une partenaire pour l'accompagner à un événement mondain, ou bien sentir la peau d'une femme contre la sienne. Belle et intelligente, elle était d'une compagnie plaisante, dans la chambre et en dehors. Oui, il pouvait toujours la faire venir de New York. Elle serait là dans deux heures.

Seulement, ce serait une première... N'allait-elle pas croire qu'il attendait autre chose de leur relation occasionnelle ? Il soupira : c'était la faute de cette inconnue qui, l'espace d'un instant, était parvenue à repousser son lancinant passé dans les limbes. C'était à cause d'elle qu'il avait à présent besoin d'une distraction.

De toute façon, il n'y avait aucune raison pour que leurs chemins se recroisent pendant ses vacances, aussi était-il préférable qu'il oublie au plus vite cette attirance éclair et les étincelles qui avaient jailli entre eux. D'ailleurs, même si elle était venue emménager aux Bermudes, cela n'aurait rien changé du tout : il ne recherchait pas une relation avec une femme qui rougissait encore quand un homme s'adressait à elle. Ni avec aucune autre, d'ailleurs.

Jem se servit du café puis sortit sur la terrasse, sa tasse à la main.

Elle s'était réveillée relativement tard par rapport à ses habitudes. La veille au soir, elle s'était endormie bercée par le bruissement des vagues et, ce matin, c'était la lumière éclatante du soleil qui l'avait arrachée aux bras de Morphée. Maintenant, il lui réchauffait le visage.

Avançant de quelques pas dans le sable rose, elle plissa les yeux et scruta la mer turquoise : franchement, jamais elle n'avait eu un cadre de vacances aussi paradisiaque, alors pourquoi précipitait-elle son départ ? Juste après s'être douchée, mue par la sensation que sa présence ici relevait de l'imposture, elle avait en effet remis tongs, livres et crème solaire dans son sac qui était prêt pour le retour.

Soudain, un regard aussi captivant que vert s'imposa à son esprit. *Chase*. C'était lui, le fauteur de troubles ! Et presque aussitôt, une autre réflexion s'imposa à elle : en réalité, elle n'était qu'une pleutre. Par peur de l'échec ou de la déception, elle reculait toujours au dernier moment. Elle repensa à ce poste au Costa Rica : elle avait postulé pour restaurer des récifs de corail, avait été sélectionnée, puis avait commis l'erreur de se renseigner sur les fondateurs de l'association qui recrutait. Elle s'était sans délai retirée de la course : il s'agissait de personnes trop influentes et d'une mission trop importante, elle ne serait jamais à la hauteur. Et puis elle avait une thèse à finir.

Elle se mordit la lèvre. Elle n'avait pas simplement peur de décevoir les autres, elle redoutait aussi de se confronter à eux. Elle avait été incapable de discuter réellement avec Nick de son addiction à l'alcool. Les jumeaux ne comprenaient pas pourquoi elle était systématiquement attirée par les hommes à problèmes et l'incitaient à changer *enfin* de comportement. Mais comment aurait-elle pu leur expliquer qu'il s'agissait d'une forme d'expiation sans évoquer la raison qui l'avait conduite là ?

À chaque échec amoureux, ils étaient si adorables avec elle. En l'occurrence, ils lui avaient offert un passeport pour le paradis afin qu'elle se console de l'affreuse trahison de Nick. Elle n'allait tout de même pas repartir dès le lendemain par crainte de retomber sur Chase ! Il devait être loin, maintenant. Même si l'île principale des Bermudes était relativement petite, il était peu probable qu'elle le revoie.

Et puis Holly avait raison. Il ne s'agissait pas de simples vacances ; elle devait aussi faire le point sur sa vie, se débarrasser de sa manie de se mettre en retrait. Et sans jouer avec le feu, pourquoi n'aurait-elle pas recherché quelques petites étincelles ? Tiens, c'était décidé ! Pour commencer, elle allait rapporter le vélo et l'échanger contre un scooter. Et par conséquent défaire de nouveau ses bagages.

Ce fut donc au guidon d'un beau scooter pistache qu'elle revint un peu plus tard du port, les cheveux au vent ; toutefois, au lieu de faire le tour de l'île, elle passa finalement la journée sur la plage, se baigna, mangea les fruits de Joan, et envoya même un mail à celle-ci pour lui demander des adresses où pratiquer la plongée.

Les cours de plongée avaient constitué le dernier cadeau qu'elle avait reçu de son père – indépendamment du cottage, bien sûr, qui relevait de l'héritage. Depuis, elle avait effectué un peu de plongée à deux ou trois reprises au large des Cornouailles, sans jamais en tirer une réelle expérience. Demain serait l'occasion de tester ses compétences ! Mais auparavant, ce soir, elle irait danser.

Après s'être lavé les cheveux et les avoir laissés sécher à l'air libre, Jem enfila une robe portefeuille beige clair, des sandales couleur chamois et, conformément aux conseils de Holly, mit ses lentilles de contact et un peu de maquillage.

Le miroir de Joan était aussi petit que le reste du bungalow, et elle ne pouvait se voir que par fragments ; mais, à sa grande surprise, l'ensemble lui convint, et elle sauta sur son scooter.

Si Sam ne lui avait pas indiqué comment se rendre au Green Door, jamais elle ne l'aurait trouvé : aucune enseigne ne le signalait, juste une porte verte, mais elle entendit la musique qui emplissait l'air du soir avant même d'avoir coupé le moteur du scooter. Elle retira son casque et ouvrit de grands yeux : le café était bondé comme si c'était la Saint-Sylvestre. Les clients se déversaient jusque sur la plage, buvant et riant sous une canopée de lumière et de fleurs : tout le monde semblait sourire.

À l'intérieur, l'accès au comptoir se révéla difficile, mais elle y parvint néanmoins. Derrière, s'affairaient trois hommes et une très belle femme. L'un des barmen se pencha vers elle.

— Je te sers quoi, trésor ?

— Un soda au citron vert, s'il vous plaît.

C'était sa boisson de prédilection : comme elle ressemblait à un verre d'alcool, cela lui épargnait toute remarque sur le fait qu'elle n'en buvait pas.

— Tu dois être Jem ?

Elle leva les yeux, surprise.

— Je suis Aliana, poursuivit la magnifique femme derrière le comptoir en lui souriant. Sam m'a dit que tu passerais sans doute.

— Mais comment savais-tu qui j'étais ?

Aliana se mit à rire.

— Les touristes ne viennent pas ici, en général. Profite bien de l'ambiance, et moi, je garde un œil sur toi.

Jem lui sourit, puis s'éloigna en quête d'une table au fond de la salle. À sa grande surprise, elle n'était pas du tout tendue ; il était vrai que, d'ordinaire, elle se sentait toujours responsable de ceux qui l'accompagnaient, mais aujourd'hui, elle ne devait surveiller la consommation d'alcool de personne, il lui suffisait de s'asseoir et d'apprécier la musique ainsi que le spectacle de la foule bigarrée et joyeuse. Balayant la salle du regard, elle remarqua une table de billard où une partie était en cours. Et tout à coup, un joueur en particulier retint son attention : comme il était penché sur la table, elle ne pouvait pas voir son visage, mais elle percevait presque sa concentration. Soudain, on l'applaudit, puis il se redressa. Curieux, son dos lui était familier... Et quand il se retourna, elle retint un petit cri : le reste de la salle s'était comme évanoui pour laisser place à la seule présence de l'homme qu'elle avait rencontré au Cycle Shack.

Chase.

Que faisait-il là ? Son cœur se mit à battre à toute vitesse, et elle se figea, son verre à la main. Un peu plus tôt, elle s'était imaginé le croiser sur son scooter et lui lancer un regard assuré, mais à présent qu'il était juste devant elle, elle avait envie de fuir. Trop tard ! Il venait de la repérer et de darder ses yeux vert clair sur elle.

Tout à coup, un groupe de femmes se matérialisa devant lui ; elles riaient et se tenaient par le bras. Il disparut alors de sa vue, de sorte qu'un instant, elle crut avoir été l'objet de son imagination, mais quand elles s'éloignèrent, il était toujours là... et se frayait un chemin jusqu'à elle !

Pars ! lui lança la voix de la raison. Impossible ! Elle était comme clouée au banc en bois sur lequel elle était assise. Elle sentit son estomac se serrer quand il s'arrêta juste devant sa table, le même petit sourire aux lèvres que la dernière fois.

— Re-bonjour, dit-il. Alors, ce scooter ? Attends, laisse-moi deviner. Tu as plutôt pris un vélo, c'est ça ?

Son tutoiement la troubla terriblement, mais quoi de plus normal dans cette ambiance ?

— Oui, c'est d'abord ce que j'ai fait, et puis finalement, j'ai pris le scooter, répondit-elle avec un petit sourire triomphal.

— Et ça se passe bien ?

— Oui, et heureusement que je suis douée ! Car l'homme qui m'a conseillée ne travaille pas au Cycle Shack, d'après ce qu'on m'a dit.

Le sourire de Chase s'agrandit.

— Je passe assez de temps là-bas pour avoir l'impression que si.

— Pourtant, ce n'est pas le cas.

— J'avoue, je n'y travaille pas. Bon, je m'appelle Chase, dit-il en lui adressant un sourire qui la renversa.

Un sourire de prédateur de première catégorie, oui ! Cet homme était synonyme d'ennuis, se dit-elle, mais quand il lui tendit la main, elle la lui serra. Et cette simple marque de politesse la prit au dépourvu : sa poignée de main était ferme et assurée, alors que l'expression de sa bouche était bien plus sensuelle. Lorsqu'il la relâcha, elle éprouva des fourmillements dans les doigts.

— Et tu es… ?

— Jemima, répondit-elle, toute raide. Jemima Friday.

— Friday comme « vendredi » ? renchérit-il tandis que ses yeux verts brillaient telles des émeraudes. Intéressant pour une étrangère qui vient de débarquer sur l'île.

— Tu ne pourras faire qu'une seule blague sur Robinson Crusoé et Vendredi, donc savoure-la bien.

Il hocha lentement la tête.

— Entendu.

Soudain, quelqu'un l'appela. Il jeta un coup d'œil par-dessus son épaule, mais ne bougea pas, ses yeux de nouveau rivés aux siens, comme s'il réfléchissait avant de prendre une décision.

— Écoute, j'ai un peu disjoncté au Cycle Shack. Je n'aurais

pas dû me faire passer pour un employé, je suis désolé. Et si je t'offrais un verre, pour me faire pardonner ?

— Ce n'est pas la peine.

— Ça me ferait plaisir. Le tien est vide. Qu'est-ce que tu buvais ?

Elle avait réussi à se convaincre qu'il n'était pas si beau que ça et que, si elle le revoyait, il ne lui ferait sans doute aucun effet. Mais elle avait eu tort. Sous les douces lumières du bar, son visage était d'une beauté stupéfiante.

Et elle n'était visiblement pas la seule femme de cet endroit à s'en être aperçue, à en juger par les regards féminins qui s'attardaient lourdement sur lui.

— C'est juste un soda au citron vert.

Il hocha la tête sans tenter, comme elle l'avait redouté, de la pousser à choisir une boisson un peu plus excitante parmi celles écrites sur le tableau noir, et s'éloigna d'un pas élégant. Cet homme était le charisme incarné !

Il revint si rapidement qu'elle n'avait pas eu le temps de se remettre de ses émois lorsqu'elle l'entendit lui demander :

— Est-ce que ça t'intéresserait d'aller pêcher ?

Il glissa vers elle un des deux verres de soda au citron qu'il tenait à la main, s'assit sur le siège opposé au sien, et reprit :

— Tu sais, à bord d'un bateau. Du thazard blanc, du thon, du marlin. Façon Hemingway. Non que celui-ci soit venu aux Bermudes, mais la pêche en mer représente une grosse part de l'industrie touristique, ici aussi.

Il avait donc lu Hemingway ? Mais pourquoi en était-elle étonnée ? Les pêcheurs pouvaient tout à fait aimer la lecture.

Elle secoua la tête.

— Non, désolée, ce n'est pas ma tasse de thé. C'est ce que tu fais sur ton bateau ? Tu emmènes les touristes pêcher ?

Il releva un coin de sa bouche, amusé.

— Non, je pêche pour moi-même, répondit-il avant de plisser les yeux et de la scruter attentivement : Pourquoi es-tu venue aux Bermudes, en fait ?

Question complexe, mais pour quelle raison serait-elle entrée dans des détails que Chase n'avait pas besoin de savoir ?

Elle haussa les épaules.

— J'avais besoin de vacances. Et puis j'ai toujours eu envie de venir aux Bermudes depuis qu'on a étudié *La Tempête*, en terminale.

Avait-elle vraiment prononcé cette phrase à voix haute ? se demanda-t-elle en imaginant d'ici la tête désespérée des jumeaux. Pourtant, c'était la vérité. Sa fascination pour les épaves était née de cette pièce au programme scolaire, et les Bermudes représentaient la capitale du monde en la matière.

— Et à présent, tu y es, dit-il d'une voix suave.

Son cœur fit un bond dans sa poitrine, et la table lui parut brusquement bien plus petite. À moins qu'ils ne soient assis trop près l'un de l'autre. Elle sentit quelque chose remuer en elle au moment où leurs yeux se croisèrent : Chase était un quasi-inconnu et pourtant, personne ne l'avait regardée de façon aussi intense. On aurait dit qu'il cherchait à sonder son âme. C'était étrangement intime.

Trop intime.

Il se pencha en avant :

— Eh bien, que penses-tu « de la rosée sur les Bermudes, toujours tourmentées par la tempête » ?

Ces paroles la prirent de court : peu de gens avaient lu *La Tempête*, et encore moins étaient capables d'en citer un extrait.

— Je pense que c'est une très belle île, répondit-elle tout simplement.

— Et te laisserais-tu tenter par une pêche en mer au large de cette belle île ?

Son regard était à la fois langoureux et perçant, comme un chat guettant le trou d'une souris.

Elle rougit subitement : nul doute qu'il y avait de nombreuses autres choses que Chase pouvait inciter une femme à faire.

— Une autre fois, peut-être. Ce qui me tente vraiment, c'est la plongée.

Il haussa un sourcil surpris.

— Tu as déjà plongé ?

— Tout à fait ! Et pas avec un tuba.

À cet instant, elle sortit son téléphone et le brandit sous son nez.

— Regarde, poursuivit-elle. C'est ma certification PADI.

— OK, OK !

Il leva les bras et se mit à rire.

— Désolé, mais tu ne m'avais pas l'air d'une fille qui aimait les activités extérieures.

— Parce que je ne suis pas une fille, mais une femme dotée d'un brevet de plongée sous-marine à air enrichi. Seulement, je n'ai pas plongé depuis longtemps. J'ai été trop occupée par mon travail.

Ce qui était faux.

— Trop occupée par mes différentes activités.

Ce qui n'était pas plus vrai.

Il la regarda fixement un bon moment et elle soutint son regard, son pouls battant comme un fou à ses tempes. Comment cet homme pouvait-il la mettre dans un tel état ? Il ne l'avait même pas encore touchée, et pourtant, elle se sentait nue sous ses yeux inquisiteurs.

Sans prévenir, il se leva, et une onde de déception, voire de chagrin, la submergea. Donc, il s'en allait.

— Danse avec moi.

Ces paroles, quelque part entre l'ordre et l'invitation, étaient si directes, si étranges par rapport à ce qu'elle attendait qu'il dise, qu'elle en resta sous le choc. De nouveau, il lui tendit la main et l'entraîna sans transition vers une piste qui n'en était pas réellement une : le bar était si petit que les gens se contentaient de se trémousser en rythme, collés les uns aux autres, en sueur.

Chase se tourna soudain vers elle, et quand il pencha son visage contre le sien, son souffle chaud lui caressa la joue.

— Ce n'est pas trop oppressant, cette foule ?

Son estomac se serra violemment. Ce n'était pas la foule qui la troublait, mais lui. Il était enivrant comme un clair de lune, et ses pommettes saillantes prenaient formidablement bien la lumière.

— Non ! D'ailleurs, pressons-nous un peu plus l'un contre l'autre, répliqua-t-elle.

Et sur ces mots, elle noua les bras autour de son cou.

Elle vit ses pupilles s'enflammer et, se rapprochant d'elle, il plaqua les mains sur ses hanches, puis l'attira tout contre lui. La chaleur de sa peau se mêla à la sienne... Pour le coup, elle crut manquer d'air. Elle avait dansé avec d'autres hommes avant lui, mais jamais éprouvé une telle intimité : aucun ne l'avait considérée avec cette incroyable intensité. C'était à la fois fascinant et terrifiant... Elle eut soudain la folle envie de sentir les lèvres de cet homme sur les siennes...

Ils restèrent ainsi un bon moment, jusqu'à ce que la musique devienne plus lente.

— Allons prendre l'air ! décréta-t-il tout à trac.

De toute évidence, il avait reculé devant la perspective d'un slow !

À l'extérieur, la lune était argentée et haute dans le dôme de la nuit, mais contrairement à ce qu'elle espérait, l'air frais lui tourna la tête, elle sentit ses sens partir en roue libre... Ce fut Chase qui brisa le silence.

— Je vais demander à Aliana de t'appeler un taxi pour que tu rentres à ton hôtel.

En effet, c'était une bonne idée. Une initiative très raisonnable, à ceci près qu'elle n'avait aucune envie d'être « raisonnable ».

« Réinvente-toi. »

C'était ce que Holly lui avait dit et, pour une nuit seulement, elle avait envie d'être passionnée, déchaînée, exigeante. Au diable la prudence ! Si elle quittait maintenant ce bel inconnu sexy, elle demeurerait la sage et sobre Jemima, qui s'était enlisée dans une suite de relations ratées.

Naturellement, elle ne voulait pas entamer une *relation* avec cet homme. Juste coucher avec lui, passer une folle nuit entre ses bras, sans attache, sans fardeau, sans complication...

Elle s'éclaircit soudain la voix.

— C'est ce que tu veux ?

Il ferma le poing de sa main droite, et l'espace d'un instant, elle vit son profil contre le ciel obscur.

— Je veux ce que tu veux...

— Et qu'est-ce que je veux ? questionna-t-elle d'une voix rauque.

— Il ne m'appartient pas de m'exprimer en ton nom, déclara-t-il d'une voix presque dure. C'est toi qui dois dire clairement ce que tu souhaites.

Un silence s'ensuivit. La musique se réverbérait dans son corps, dans son ventre où elle s'unissait à une pulsation différente, difficile à ignorer.

— Alors OK. Pas de question, pas de conversation. Tu n'as pas besoin de savoir quoi que ce soit sur moi, et vice versa. Je recherche juste une nuit sans lendemain.

Telle était la promesse qu'elle avait faite en Angleterre ; cependant, elle n'allait pas coucher avec ce sublime inconnu pour satisfaire Holly, mais pour se faire plaisir à elle.

— Je veux coucher avec toi ce soir, c'est assez clair ? ajouta-t-elle.

Jamais elle n'avait été aussi explicite et directe avec un homme – d'ailleurs, elle n'avait jamais adopté ce ton avec personne.

Se rapprochant d'elle, tout près, il la considéra d'un regard langoureux puis, de ses lèvres, effleura les siennes. Une curieuse caresse où couvaient la fièvre et le danger... Et puis il l'embrassa à pleine bouche, avec une incroyable urgence, tout en enlaçant sa taille d'une main, tandis qu'il enfouissait l'autre dans ses cheveux.

Elle se cambra contre lui, avide de bien plus, frissonnante. Des étincelles de lumière explosèrent en elle, et le désir qu'elle sentit alors monter chez lui était si violent qu'elle en vacilla presque.

Il laissa bientôt ses doigts glisser de ses cheveux à sa robe, puis sous sa robe, sur sa peau brûlante... Brusquement, il détacha sa bouche de la sienne.

— Partons d'ici ! déclara-t-il d'une voix rauque.

— Pour aller où ? haleta-t-elle, prise en tenaille entre la panique et le désir.

— Chez toi. Ou chez moi.

Chez elle, dans le petit bungalow de Joan ? Franchement, elle l'y visualisait assez mal.

— C'est sans doute plus facile chez toi.

— Pas de problème !

Bientôt, blottie contre son dos sur sa moto, elle savoura l'air du soir qui soufflait agréablement sur tout son corps, telle une immense caresse.

Quelques instants plus tard, elle découvrit qu'il vivait dans un bateau amarré à une jetée privée. Il lui tendit la main pour l'aider à monter à bord.

Les rayons de la lune pénétraient par les vitres de sa cabine. Sur le chevet, se trouvait un livre dont la couverture formait un chapeau, à l'endroit où il s'était arrêté dans sa lecture, et elle eut honte de ses préjugés antérieurs. Puis il empoigna sensuellement ses cheveux, en dégagea son cou avant de poser la bouche à l'endroit où battait son pouls, derrière l'oreille.

Cette fois, ce fut elle qui captura sa bouche, mue par un désir que décuplait la liberté de l'anonymat.

Telle était leur mutuelle volonté : pas de promesse ni d'espoir à briser. Rien qu'un désir à l'état pur.

Incapable de se contenir, elle lui ôta son T-shirt et déglutit avec difficulté à la vue de son torse, et de l'érection qui se dessinait nettement sous son bermuda. La tête lui en tourna presque.

— Déshabille-toi, ordonna-t-il alors d'une voix douce. Je veux te voir nue.

La fièvre contenue de sa voix lui lécha la peau comme une flamme. D'une main presque tremblante, elle détacha la ceinture de sa robe portefeuille qui glissa sur ses épaules... Puis elle dégrafa son soutien-gorge et le laissa tomber à terre.

— Stop ! dit-il d'une voix rocailleuse.

Immédiatement, ses seins se tendirent.

Il la regarda pendant quelques secondes ; elle entendait sa respiration s'altérer, tandis que l'électricité entre eux devenait tangible...

Tout à coup, il plaqua les paumes sur ses seins, leur pointe dure, douloureuse, et reprit sa bouche pour l'embrasser éperdument. Elle se pressa contre lui, contre son sexe tendu sous le tissu.

— Oui, oui, murmura-t-elle au moment où il posait les mains sur son postérieur.

Gentiment, il la fit basculer sur le lit et, avec une lenteur achevée, lui retira sa culotte avant de plonger la tête dans son entrecuisse...

Un gémissement lui échappa dès que, de sa langue, il se mit à caresser sa chair gonflée... Puis elle frissonna, s'arc-bouta contre lui, prête à accueillir tous les plaisirs enivrants qu'il lui procurerait... Saisie d'un vertige, elle renversa la tête en arrière... Le rythme envoûtant de sa langue était un fabuleux prélude à l'union de leurs corps... Soudain, n'y tenant plus, elle l'agrippa par les épaules, pour l'inciter à remonter.

— Je te veux en moi, dit-elle en s'offrant à lui.

Il émit un grognement.

— Un instant, répondit-il.

Et il ouvrit le tiroir de sa table de chevet.

Une poignée de secondes plus tard, il déchirait l'étui du préservatif avec ses dents.

Il la pénétra en douceur, puis se mit à aller et venir en elle en accélérant peu à peu la cadence jusqu'à ce que seul résonne dans la cabine leur souffle saccadé, auquel se mêlèrent bien vite ses cris de plaisir. Ce soir, pas question de les contenir, elle laissait libre cours à ses pulsions. Tout à trac, toute pensée l'abandonna et la jouissance l'emporta dans un tumulte inouï des sens... Elle entendit vaguement les échos de l'orgasme qui le saisissait à son tour.

3

Jem battit des paupières : la lumière du jour venait de l'arracher à son lourd sommeil.

Elle jeta un coup d'œil autour d'elle et son corps se raidit quand elle comprit où elle se trouvait, et que lui revint en même temps le souvenir de sa nuit brûlante dans le bateau et des bras de Chase. Son désir fou, ses frissonnements sous ses caresses, sa langue, son plaisir insensé…

Elle se sentit rougir.

Tout était redevenu calme, à présent. À ceci près que le lourd bras de Chase gisait en travers de son corps. Il dormait toujours. Chase comment, au fait ?

Elle faillit s'en étrangler : elle ne connaissait même pas son nom de famille. Mais à quoi cela lui aurait-il servi, eu égard à ce qu'elle était venue chercher dans ses bras ?

Les mots lui manquaient pour décrire les sensations que cet homme dont elle ignorait le nom de famille lui avait procurées. Ce matin, elle avait l'impression d'être incroyablement vivante… Et si elle se hissait sur lui pour recommencer ? Impossible, elle le réveillerait et alors…

Eh bien, elle ne saurait pas comment se comporter ! Elle ignorait les règles à adopter au réveil dans leur cas de figure.

D'ailleurs devait-elle rester pour lui dire au revoir, ou filer en douce ?

Sans doute que la plupart des gens s'en allaient, peu désireux, comme elle, d'entamer la moindre conversation. Après tout, n'était-ce pas la raison d'être d'une nuit sans lendemain ? Le deuxième acte n'existait pas. Comme dans les contes de fées, la magie se dissipait et les valets de pied redevenaient des souris. En l'occurrence, cet incroyable amant redeviendrait un bel inconnu avec qui elle n'avait rien en commun, à part une nuit de passion.

Subitement, son cœur se serra. Dans ce conte, toute la magie ne s'envolait pas : le véritable amour triomphait et Cendrillon demeurait à jamais comblée. Et pour cause : il s'agissait d'un récit merveilleux ! Or, Chase n'était pas un prince, mais un pêcheur, se dit-elle en inspectant la modeste cabine impeccablement bien rangée...

Le cri strident d'un oiseau à l'extérieur la ramena au présent et un sentiment de panique la saisit. S'allongeant sur le côté, elle contempla l'homme endormi sur la couche. À 7 h 50, comme l'indiquait le réveil à l'ancienne sur la table de nuit, son visage était encore dans l'ombre, mais dans quelques minutes, le soleil atteindrait ses traits de star. Alors il se frotterait le visage, s'assiérait dans le lit, les cheveux emmêlés, et porterait sur elle son doux regard vert.

Elle retint son souffle, se concentrant pour que cessent les cognements bien trop forts de son cœur. Chase était un fantasme devenu réalité, tout comme ce qu'ils avaient partagé. Voilà pourquoi il était temps de fuir pour ne pas gâcher ses souvenirs !

Il était plus dur qu'elle ne l'aurait cru de s'arracher aux bras de Chase, de renoncer à la délicieuse chaleur de son corps. Mais elle n'avait pas le choix. Retenant son souffle, elle s'habilla, enfila ses sandales, regagna la porte sans bruit, et tout à coup se retourna.

Elle ne le reverrait jamais. Et pourtant jamais non plus elle ne l'oublierait… Soudain, elle aperçut une enveloppe et un stylo, sur la table. Elle hésita, puis griffonna quelques mots avant de s'éclipser.

— Excusez-moi, patron !

Chase pivota, front plissé.

— Oui ?

Son premier responsable d'équipage, Alex, se tenait à sa hauteur.

— Nous venons de recevoir de nouvelles informations sur la tempête qui se prépare. Apparemment, elle sera plus forte que prévu et passera bien plus près des côtes.

— Et donc ? demanda-t-il sans parvenir à masquer son irritation. On en a vu d'autres, non ?

— Tout à fait, répondit Alex avant de marquer un temps d'arrêt et d'ajouter tout simplement : Merci.

Il sentit plutôt qu'il ne vit Alex s'éloigner, tout comme il était conscient des échanges de regards entre les membres de l'équipage, ce qui fit monter d'un cran son agacement qu'il savait à la fois injuste et disproportionné.

Il avait été irritable depuis qu'il avait posé le pied sur le pont. Non pas à cause de la tempête qui se préparait – les éléments déchaînés, il savait les gérer –, mais parce que ce matin, au réveil, son lit était vide, même si Jemima Friday n'aurait jamais dû s'y glisser. Jamais il n'aurait dû aller lui parler au Green Door. Ça avait été sa première erreur. Ou plutôt sa deuxième, la première ayant consisté à se faire passer pour un employé du Cycle Shack.

Bref, il s'agissait d'une cascade d'erreurs toutes aussi

déplacées les unes que les autres ! Il serra les mâchoires : il ne couchait pas avec des femmes rencontrées dans des bars ! Du moins plus maintenant. Cela lui était arrivé juste après la mort de Frida, quand la douleur et son sentiment de culpabilité étaient si insoutenables que même respirer relevait du supplice. Que toute marque d'intimité ou d'affection lui était inenvisageable. À l'époque, seuls les médicaments et l'alcool lui permettaient d'oublier ses souffrances, tout comme le sexe avec de parfaites inconnues.

Derrière la vitre, une mouette s'envola vers le ciel et la couleur de ses ailes gris argenté lui rappela soudain les yeux de Jemima... Depuis son réveil, le souvenir de leurs étreintes ne cessait de le hanter, et de titiller son désir. Mais il n'y aurait pas de deuxième nuit, telle était la règle qu'ils s'étaient fixée d'emblée. Hélas, son corps ne semblait pas l'avoir intégrée ! Bon sang, mais que lui avait-il pris de l'aborder dans ce bar ? Et de ne pas avoir demandé à Aliana de lui commander un taxi ?

Non, à la place, il avait fallu qu'il l'amène sur son bateau ! Pas sur le *Miranda*, au moins, il lui était resté un zeste de raison. Et comme, sans qu'il ne sache pourquoi, Jemima le prenait pour un pêcheur – ce qu'il n'avait pas démenti –, son habitation n'avait suscité aucun étonnement chez elle.

Quand il était aux Bermudes, il aimait en effet passer du temps sur ce bateau de seconde main, qu'il s'amusait à retaper. Il lui permettait aussi de pêcher, lors de ses nuits d'insomnie.

D'ailleurs, il n'avait pas beaucoup dormi cette nuit, comme venaient de le lui rappeler ses épaules endolories... Quand il s'était réveillé, il avait cru avoir rêvé et puis il avait vu le mot que Jemima lui avait laissé :

Merci pour cette nuit fantastique. Bon vent ! J.

Bon vent... C'était ce que se souhaitaient les marins à la place de « bonne chance ».

Un petit sourire d'amertume lui monta aux lèvres. À la réflexion, elle avait beaucoup insisté hier soir sur ce concept de nuit sans lendemain et, avec ce départ précipité conjugué à son mot, il était clair que, pour Jemima Friday, il n'y aurait pas de deuxième nuit.

En revanche, ce qui l'était moins, c'était pourquoi cela le révoltait ! Sans doute parce qu'il n'avait pas l'habitude qu'une femme le congédie ainsi. En général, elles cherchaient toujours à s'attarder un peu, avec l'espoir que leur entente sexuelle se transformerait en une relation plus sérieuse.

Pas Jemima.

Et force était de reconnaître que cela le contrariait. Elle avait été si ardente, la nuit dernière. Et si entreprenante ! Pourtant, lors de leur première rencontre, elle lui avait semblé plutôt timide et raisonnable. Les battements de son cœur s'accélérèrent : qui était la véritable Jemima ?

Il poussa un soupir agacé. La bonne réponse aurait été : je m'en fiche, mais ce n'était hélas pas le cas !

Ce qui le frustrait le plus, c'était qu'elle lui avait rappelé à quel point il pouvait être merveilleux de coucher avec une femme. Depuis le décès de Frida, huit ans auparavant, il avait bien sûr fait l'amour avec d'autres, mais davantage pour assouvir un besoin. Or, Jemima, cette inconnue, venait de bouleverser ses habitudes : elle avait réussi à raviver son désir pour une femme en particulier !

Sans doute parce qu'elle s'était enfuie comme Cendrillon ! Si elle avait toujours été dans son lit au réveil, il n'aurait eu de cesse qu'elle s'en aille. La nuit, tout était magique, et puis au réveil, tout perdait son éclat.

Seulement voilà : elle s'était éclipsée avant qu'il n'ouvre les yeux, et l'image de son corps nu baigné par la lumière de la lune, de sa peau luisante et de sa chevelure blonde éparse sur ses épaules était restée bloquée dans sa tête.

Tout à coup, son téléphone vibra dans sa poche. Ravi de la distraction, il s'empressa de lire le message. Marcus n'était pas très prolixe, mais au moins, certains chantiers avançaient comme prévu. Il devait se concentrer là-dessus, et Jemima Friday serait bientôt Jemima de la Semaine Dernière.

Sortant de la boutique, Jem mit ses lunettes de soleil, et inspecta prudemment les environs… Ouf ! Il n'y avait pas la moindre trace d'un homme à la large carrure coiffé d'une casquette rouge.

Elle n'avait pas prévu de venir à Hamilton, aujourd'hui.

Toutefois, en sortant du bateau de Chase, elle était revenue sur la route principale et, au moment où elle envisageait d'appeler Sam pour qu'il la ramène chez elle, un bus était arrivé. Elle avait donc pu regagner le quartier du Green Door et récupérer son scooter. Là-dessus, sans doute en raison des endorphines post-orgasme stockées dans son corps, elle avait mis le cap sur la capitale au lieu de revenir au bungalow.

Elle regarda le sac en carton qui pendait à son poignet : elle n'avait pas non plus prévu de s'acheter une nouvelle tenue ! La consommatrice compulsive de la famille, c'était Holly. Pourtant, Jem avait eu un vrai coup de cœur pour cette robe assez courte, d'un jaune éclatant – et bien trop onéreuse ! Mais ce matin, elle s'était sentie confiante et de belle humeur, d'où son achat impromptu.

Elle avait discuté avec la vendeuse qui lui avait donné quelques conseils et de bonnes adresses. Et lui avait notamment recommandé d'aller prendre un petit déjeuner en ville au Bocado.

— Mais je vous conseille d'y aller maintenant, avant

que les hommes ne sortent des bateaux, avait précisé son interlocutrice.

Jem lui avait alors souri et l'avait encore remerciée, avant que sa confiance ne fonde comme neige au soleil à l'évocation des hommes sortant des bateaux !

À présent, elle regagnait rapidement son scooter. Allons, elle n'avait aucune raison de paniquer ! Même si Hamilton n'était pas une très grande ville, il y avait peu de risques qu'elle croise Chase. Chase-Sans-Nom-de-Famille.

Quand elle bifurqua pour rejoindre son bungalow, elle avait surmonté son élan de panique, mais ouvrit de grands yeux : deux pick-up étaient garés devant sa maison de vacances ! Que faisaient-ils là ? Le cœur battant, elle descendit du scooter, s'approcha du bungalow : la porte était ouverte, des bruits de marteau résonnaient à l'intérieur… et une vision d'horreur s'offrit à son regard. Elle en laissa presque échapper son sac.

La cuisine était dans un chaos total. Le réfrigérateur se trouvait sur la terrasse, à côté de l'évier : de nouveaux appareils ménagers, encore enveloppés dans du plastique transparent, allaient visiblement les remplacer.

— Mais que faites-vous ici ? s'exclama-t-elle.

Les hommes se retournèrent tous les trois dans un même mouvement. La surprise et la confusion qui se peignaient sur leur visage n'avaient rien de rassurant.

— Qui êtes-vous ? Que faites-vous chez moi ?

Un des trois s'éclaircit la voix.

— Nous travaillons pour M. Farrar, madame. Nous sommes ici pour rénover. Tout est arrangé avec lui, précisa-t-il avec un sourire apaisant.

Elle secoua la tête.

— Mais pas avec moi !

— Tout le mobilier est arrivé. La remise à neuf de la cuisine et de la salle de bains peut commencer aujourd'hui.

Quoi, la salle de bains aussi ? Elle constata alors que tout avait été enlevé dans cette pièce également. Il ne restait plus que des tuyaux attachés aux murs.

Elle reprit sa respiration et s'adossa à l'encadrement de la porte. Comment un tel cauchemar était-il possible ?

— Combien de temps les travaux vont-ils durer ?

— Une semaine environ. Il ne s'agit pas juste du mobilier, il faut refaire la plomberie.

— Une semaine ! s'écria-t-elle horrifiée. Et je suis censée faire quoi ?

Elle ne pouvait pas rester ici sans toilettes, ni eau courante. La panique la saisit : elle n'avait pas d'argent pour aller à l'hôtel ou dans un bed & breakfast.

— Non, reprit-elle. Ça ne me convient absolument pas. Remettez tout en place !

— Quoi ?

Les trois hommes la regardèrent d'un air interloqué. Il s'agissait de ses vacances ! se répéta-t-elle exaspérée. Elle n'avait pas demandé que le bungalow soit rénové, aussi pourquoi aurait-elle dû gérer ce problème ?

— Vous m'avez bien entendue.

Un des hommes secoua la tête.

— Le chef ne va pas apprécier, marmonna-t-il.

— Je m'en fiche ! Il est à côté de la plaque.

— Je ne suis pas certain que ce soit juste ou vrai, mais j'ai entendu pire sur moi.

Une voix profonde, étrangement familière, venait de résonner dans la petite maison, et toutes les têtes se tournèrent dans sa direction.

Un homme d'une carrure impressionnante se tenait dans

l'encadrement de la porte, auréolé par les rayons du soleil, telle une déité descendue sur terre pour régler les problèmes des mortels. Et tout à coup, le cœur de Jem se mit à cogner comme un fou. Ce n'était pas n'importe quel homme : *c'était Chase*.

Le souffle lui manqua : que faisait-il ici ? Abasourdie, elle le regarda serrer la main des ouvriers avant de se tourner vers elle.

— Chase Farrar, dit-il en dardant ses yeux verts sur elle. C'est moi, le patron à côté de la plaque, et il se trouve que je suis aussi le propriétaire de ce bungalow.

Farrar, elle avait déjà entendu ce nom ! Et pour cause : l'endroit s'appelait Farrar's Cove. Son cœur n'arrivait pas à se calmer.

— Je ne comprends pas, commença-t-elle d'une voix lente. Que signifie tout cela ?

— Rien de plus que ce que je viens de dire. Il se pourrait que la personne à côté de la plaque, ce ne soit pas moi.

Pourquoi entendait-elle une certaine tension dans sa voix ? Ce n'était tout de même pas lui qui venait de retrouver son logement sens dessus dessous. Pire : inhabitable.

Elle désigna la salle de bains éventrée.

— Je ne peux pas vivre dans...

— Bien sûr que non, l'interrompit-il sans brusquerie. Mme Santos m'avait informé qu'elle serait absente. J'ai découvert ce matin votre échange de maisons, lorsque je lui ai envoyé le calendrier des travaux et qu'elle m'a mis au courant de la situation. Alors j'ai pensé préférable de venir sur place voir comment cela se passait.

— Eh bien, je n'ai plus de salle de bains, plus de cuisine, donc je dirais que ça va mal, lança-t-elle d'une voix plus aiguë qu'elle n'aurait voulu.

Comme s'il ne suffisait pas que son bungalow soit devenu

un chantier, il fallait de surcroît qu'elle gère la situation avec l'homme qu'elle était précisément résolue à éviter. C'était réellement injuste, ou plutôt incroyable... mais vrai !

— Je ne peux pas dire le contraire, renchérit-il sans la lâcher du regard, en relevant un coin de sa bouche.

Et tout de suite, elle se rappela l'urgence de ses baisers sur son corps, ses mains enfiévrées... Assez ! Il était capable de lire dans ses pensées.

Elle releva le menton.

— Parfait, dans ce cas, nous sommes d'accord !

— Cette dame voudrait que l'on remette tout en place, patron, intervint l'ouvrier avec qui elle avait discuté.

Chase se tourna vers lui et lui sourit.

— Merci, Marcus, je vais gérer la situation. Vous pourriez peut-être prendre votre pause déjeuner un peu plus tôt que prévu, non ?

Il venait de formuler une question, mais son ton autoritaire indiquait sans ambiguïté que les ouvriers n'avaient pas le choix. Que lui avait-il pris de penser qu'il était un simple pêcheur ? se demanda-t-elle tandis que les trois hommes sortaient du bungalow.

À voir Chase Farrar dans ce bungalow exigu, il était évident qu'il était tout sauf pêcheur. Tout en lui trahissait un autre milieu social. Comment avait-elle pu ne pas le voir ? Elle avait été aussi aveugle qu'avec Nick, en fait. Sous le charme qui émanait de son ex, elle n'avait pas perçu ses faiblesses, ni le fait qu'il avait été abîmé par la vie.

Chassez le naturel, il revenait au galop : même aux Bermudes, elle s'était laissé duper. Alors que, quelques heures plus tôt, elle avait eu l'impression d'avoir découvert un autre visage d'elle-même dans les bras d'un homme, elle se retrouvait au point de départ : avec un menteur ! Leur nuit ne représentait plus pour elle un moment de sincérité totale, mais une imposture. Tout était faussé.

Cependant, elle se garderait de l'en informer. Elle lui en avait déjà révélé bien assez sur elle ! Elle ne lui donnerait plus rien.

— Et comment comptes-tu « gérer la situation » ? Serais-tu de surcroît plombier ? questionna-t-elle.

Voilà qu'elle reprenait ce ton de directrice d'école, pensa Chase, incapable de détacher les yeux de Jemima. Peu de personnes s'adressaient à lui de cette façon. C'était une des conséquences de la fortune : les gens tendaient à être obséquieux avec vous. Ils ne vous traitaient certainement pas comme un chien errant qui les avait suivis jusque chez eux.

— Je peux tout à fait te réserver une chambre dans un hôtel, répondit-il.

Elle prit un air ironique.

— Tu ne me crois pas ? ajouta-t-il.

— Écoute, lors de notre première rencontre, tu t'es fait passer pour un employé du Cycle Shack, puis hier soir tu as tout fait pour que je te prenne pour un pêcheur, aussi pardonne-moi si j'ai du mal à te croire.

Se penchant, il lui prit son sac des mains et le posa sur ce qui restait du comptoir de la cuisine.

— Mais je pêche vraiment !

Ses yeux gris argent lancèrent un éclair.

— Mais ce n'est pas ton métier.

— Et toi, tu ne séjournes pas dans un hôtel, répliqua-t-il.

— Je n'ai jamais dit ça.

— Mais tu m'as laissé croire que si.

— C'est différent, rétorqua-t-elle.

Oui, et non, pensa-t-il, tout en notant une légère hésitation dans sa voix.

— D'ailleurs, était-ce seulement ton bateau ?

Il fronça les sourcils.

— Naturellement.

— Il n'y a rien d'évident dans cette affaire, tu sais.

Le regard de Jemima glissa par-dessus son épaule, et sa lèvre se mit à trembler légèrement.

— Bon… Ne t'inquiète pas pour moi, poursuivit-elle. Je n'ai pas besoin de ton aide. Je suis capable de gérer moi-même la situation, et tu peux réintégrer toutes tes vies.

Et sur ces mots, elle franchit le seuil de la porte, avant même qu'il n'ait le temps de répondre.

Il la regarda s'éloigner, gagné par une certaine irritation. Il n'était pas responsable du quiproquo avec sa locataire. D'ailleurs, si Jemima lui avait dit où elle séjournait, il aurait – encore une fois – reculé la date des travaux, et rien de tout cela ne serait arrivé.

Mais comme il était impossible de rembobiner le film, il était enchevêtré dans cette affaire. Enchevêtré à elle.

Son cœur se mit à cogner plus fort. Il ne fonctionnait pas ainsi : dans ses relations avec les femmes, il fixait toujours des frontières très nettes. C'étaient Jemima et Joan qui s'étaient embrouillées dans les dates. Il serra les dents : il n'était responsable de rien !

Enfin, en un sens, si… Il n'aurait jamais dû remarquer Jemima au Green Door, car, de fil en aiguille, la situation avait complètement déraillé. Et il avait agi comme un adolescent incapable de contrôler ses pulsions.

Il la rejoignit près du rivage. Elle ne pleurait pas, mais les larmes n'étaient pas loin, il le devinait à la façon dont elle regardait fixement la mer, et dont elle serrait son portable dans sa main. Et ce qu'il ressentit alors lui déplut.

Mais il était toujours très mal à l'aise avec les sentiments.

Pour lui, en éprouver pour autrui, s'occuper d'une autre personne, tout cela appartenait au passé. Et pourtant Jemima, avec sa circonspection et ses beaux yeux argentés, lui semblait proche. Elle s'attendait toujours à ce que le plafond lui tombe sur la tête parce que, de toute évidence, elle avait déjà fait cette expérience.

Et cette sensation-là, il la connaissait bien.

— Qui appelais-tu ? demanda-t-il d'une voix enrouée.

— Un hôtel. Ils n'avaient plus de chambres.

Elle reprit sa respiration et ajouta :

— Et la réceptionniste m'a dit qu'en raison de la parade maritime, il serait difficile d'en trouver une dans un autre hôtel.

Il jura en silence. Et zut ! Il avait oublié que c'était ce week-end : vingt mille visiteurs allaient débarquer sur l'île !

— Qu'est-ce que tu vas faire, alors ?

— Ce que j'aurais dû faire dès mon arrivée. Retourner à l'aéroport, changer mon billet d'avion et reprendre le premier vol pour Londres.

Il fronça les sourcils. Elle voulait partir ?

— Non, tu ne vas pas t'en aller.

Elle hocha la tête.

— Si. Je savais dès le début que c'était une erreur de venir ici. Ces vacances ne correspondent pas à ma personnalité. Je n'aurais jamais dû les laisser me convaincre. Je me suis retrouvée...

— Hé, doucement ! l'interrompit-il en l'attrapant gentiment par les épaules pour la faire pivoter vers lui. Qui t'a convaincue de faire quoi ?

De nouveau, ses lèvres tremblotèrent.

— Mon frère et ma sœur. Ils ont réservé ce voyage pour moi, c'est un cadeau, et maintenant, tout est gâché.

À cet instant, la brise souleva légèrement ses cheveux, et

son profil le troubla. Et tout de suite, il pensa qu'il n'avait pas besoin de gérer *personnellement* le problème, que des gens sur l'île s'en chargeraient pour lui. Au moindre contretemps, la terre entière ne se pressait-elle pas autour de lui pour lui venir en aide ?

Et malgré tout...

— Mais non, tout n'est pas gâché, reprit-il. Rien ne t'oblige à rentrer. Tu le regretterais.

— Facile à dire pour toi ! Tu ne séjournes pas sur un chantier, dit-elle en reniflant.

— Et ça ne va pas non plus être ton cas. Tu sais, ce genre de contrariété arrive parfois. Or, il se trouve que ce sont mes ouvriers qui ont démoli ton bungalow et torpillé tes vacances.

Il hésita.

— Donc accepte mon aide, ajouta-t-il.

— Quelle aide ?

— Je possède une maison aux Bermudes. Pas sur l'île principale, sur une plus petite.

Elle leva alors vers lui des yeux effarés et confus. Qui reflétaient exactement ce qu'il ressentait : il n'arrivait pas à croire qu'il ait prononcé ces paroles. Pourtant, c'était un fait – et d'ailleurs, la seule option qu'il avait à proposer.

— Je sais ce que tu es en train de penser, mais ne t'inquiète pas, je n'y serai pas. Je prends la mer ce soir pour quelques jours, tu vois, tu seras tranquille et, entre-temps, le bungalow sera rénové. Je vais faire accélérer le chantier.

Il la vit pâlir.

— À moins que cela ne pose un problème avec ton petit ami.

— Je n'ai pas de petit ami, déclara-t-elle.

Puis elle tourna la tête vers les vagues qui roulaient sur le sable.

— Les relations sérieuses ne m'intéressent pas, ajouta-t-elle.

Il scruta un instant son profil. Pourquoi cette déclaration déclenchait-elle chez lui à la fois de la satisfaction et une certaine agitation ?

— Moi non plus, répondit-il. Et maintenant, va chercher tes bagages parce que tu viens avec moi. Et pas question que tu refuses.

4

Le crépuscule tombait, constata Jemima, les yeux rivés à l'eau qui était en train de devenir aussi sombre que le ciel. Seule une bande orange foncé à l'horizon tranchait sur le bleu nuit qui les entourait.

Le hors-bord s'apprêtait à accoster sur une petite île des Bermudes qui, comme elle venait de l'apprendre, était un archipel en comptant vingt et une ; la principale était reliée à huit d'entre elles par des ponts.

Le monde ne ressemblait décidément jamais à ce qu'il lui paraissait être. Les situations, les actions et les gens, tout pouvait se révéler trompeur, se dit-elle, tout en ayant l'impression que son cœur battait au rythme des vagues qui venaient se briser contre la coque du bateau…

D'ailleurs, Chase Farrar représentait le dernier exemple en date. Il pêchait en mer, mais n'était pas pêcheur. Il maîtrisait néanmoins à la perfection ce hors-bord flambant neuf. Ses mains calleuses évoquaient celles d'un travailleur, mais tout le monde lui obéissait.

Et apparemment, cette petite île lui appartenait ! Elle scrutait à présent la côte au sable rose qui approchait à toute vitesse. L'île de Bowen's Cay était à peine visible dans l'obscurité.

Sa gorge se serra. Il lui avait fait part de ces informations alors qu'elle embarquait sur le hors-bord, et elle n'arrivait toujours pas à le croire. Peut-être que l'immobilier était moins cher, par ici.

Un sentiment de panique la saisit à l'idée de rester seule dans la maison de Chase, et elle frissonna. Compte tenu du fait qu'il allait repartir, c'était sans doute le moment le plus périlleux entre eux, et la raison pour laquelle elle gardait les yeux rivés à l'horizon, afin qu'ils ne s'égarent pas sur l'homme aux commandes du bateau.

Malheureusement, elle n'avait pas besoin de le voir pour avoir conscience de sa présence, et de l'effet qu'il exerçait sur ses sens. Elle percevait le moindre de ses gestes et en oubliait même parfois de respirer.

Elle aspira la brise à pleins poumons. Avait-elle vraiment eu raison d'accepter sa proposition ? se demanda-t-elle une fois encore. Peut-être aurait-elle dû persister dans ses recherches d'hôtel, ou bien suivre son intuition : le ton très sceptique de la réceptionniste quant à ses chances d'en trouver un n'était-il pas le signe clair que sa place n'était pas sur cette île ?

Seulement, elle s'était rappelé son retranchement dans le bungalow, le premier jour, quand son bain de mer avait été interrompu par Chase et son paddle. Elle avait été complètement effarouchée. Aussi, si elle était retournée en Angleterre, elle serait restée cette femme timide et effrayée, sans parler de la déception de Holly et du désespoir d'Ed. À la réflexion, la proposition de Chase représentait la solution à ses problèmes, d'autant que c'étaient ses ouvriers qui les avaient déclenchés.

Elle ne venait pas de signer un pacte faustien, voulut-elle se rassurer, le cœur tambourinant dans la poitrine. Elle ne séjournerait pas plus d'une semaine chez lui et, par ailleurs, il ne serait pas là.

Dès que le bateau aborda et que Chase coupa le moteur,

un homme de haute taille vêtu d'un bermuda et d'un polo entra dans l'eau pour saisir la proue. Une femme élancée aux cheveux bruns, portant la même tenue, se tenait près de lui, un grand sourire aux lèvres.

— Bonsoir, monsieur Farrar. Bienvenue à la maison.

Chase bondit sur le ponton avec son habituelle grâce décontractée, puis la fit sursauter lorsqu'il la saisit au niveau du coude pour l'aider elle aussi à sortir du bateau.

Geste de pure politesse, pensa-t-elle quand il la relâcha. Elle esquissa rapidement un pas de côté et ferma le poing pour éviter de passer la main là où ses doigts à lui s'étaient posés.

— Je vous présente Mme Friday. Elle va séjourner à la maison. Jemima, voici Robyn et Troy. Ils veilleront sur toi.

— Ravi de vous rencontrer, madame Friday, dit Troy en souriant. J'espère que votre séjour ici va vous plaire.

— Merci.

Après quoi, il leva les yeux vers le ciel.

— La tempête va passer tout près, ce soir, patron.

Chase hocha la tête.

— En effet. Allons-y, la maison n'est pas loin.

Ils empruntèrent un chemin flanqué de lumières comme une piste d'atterrissage, ce qui était à la fois impressionnant et pratique. Elle leva alors la tête vers le ciel : il devait être nuageux car elle ne voyait aucune étoile, ce soir. Il paraissait plus bas, et la mer plus haute.

Elle frissonna et, tout à coup, la maison surgit parmi la luxuriante végétation tropicale. Une pensée s'imposa à elle : il s'agissait plus d'un antre que d'un foyer. Une sorte de trésor que la mer aurait déposé sur la rive.

Quelques marches menaient à une terrasse en bois blanc, puis Jemima le suivit avec circonspection à l'intérieur.

— Je vais te faire visiter rapidement les lieux, dit-il avec un bref sourire en se tournant vers elle.

De fait, ils effectuèrent la visite quasiment au pas de course, comme s'il n'avait aucune envie de se trouver ici. D'ailleurs, la froideur qu'il affichait était explicite, et elle, une pauvre idiote d'en être affectée, s'agaça-t-elle avant de reporter son attention sur la demeure.

Ici, contrairement à l'île principale, il n'y avait ni couleur pastel ou rose bonbon. La décoration intérieure était minimaliste, un mélange luxueux de parquets clairs, de murs pâles et de mobilier design. L'éclairage était tamisé et discret, comme une lune d'automne.

— Et voici ta chambre, déclara-t-il abruptement tandis qu'elle montait derrière lui une poignée de marches qui menaient à une porte.

— C'est très joli, dit-elle en laissant son regard courir du lit à baldaquin en voilage léger au vase d'orchidées vert pâle.

— Et ici, c'est le dressing, poursuivit-il en ouvrant une deuxième porte, et il ajouta :

— Quand tu auras envie de défaire tes bagages.

Elle jeta un coup d'œil vers ses valises, posées près du lit.

Le lit.

La couette était pliée en quatre, révélant un drap de dessous blanc et lisse… Immédiatement, elle se rappela leurs ébats entre d'autres draps, son corps fiévreux sur le sien, et se sentit rougir. Tout comme elle était consciente des yeux de Chase actuellement rivés sur elle…

— La salle de bains est là-bas, j'imagine ? demanda-t-elle bien vite pour faire diversion.

Et elle désigna une autre porte.

Chase l'ouvrit. La pièce était superbe avec sa baignoire en marbre sur pieds, sa douche à l'italienne et tout un choix d'accessoires de toilette rangés dans des boîtes métalliques, et aux noms prometteurs : camu-camu, fleurs d'oranger, vétiver, fruits de la passion. Elle saisit un flacon de gel douche et l'ouvrit : la senteur était enivrante.

— C'est fait pour servir, alors prends ce que tu voudras, dit-il.

Elle releva le menton et cligna les paupières. Il se tenait juste derrière elle, les yeux braqués sur son reflet dans le miroir. Sous l'éclairage de la salle de bains, ses prunelles avaient la couleur des forêts de sapin britanniques : une troublante fringale mêlée de nostalgie l'assaillit brusquement.

— Merci, dit-elle en baissant la tête.

Et elle remit prudemment le flacon à sa place.

Il était si proche d'elle qu'elle sentait la chaleur de son corps, et que son odeur l'enveloppait littéralement. Quand elle expira, elle croisa de nouveau son regard dans le miroir. Une onde de chaleur l'envahit.

Elle s'efforça de lutter contre la panique qui menaçait de la submerger à l'idée des turbulences qu'il était capable de déclencher en elle. Comment était-ce possible alors qu'ils se connaissaient à peine ? Et pourtant, en sa présence, elle avait l'impression d'être une meilleure version d'elle-même. Ce qui était insensé et défiait toute logique.

— Tu as faim ? finit-il par demander, brisant le silence.

Oui, mais pas de nourriture...

Elle secoua la tête.

— Non, en fait, je suis fatiguée. La journée a été longue. Je crois que je vais me coucher.

Et ce simple verbe convoqua de nouveau en elle le souvenir de leurs corps emmêlés et baignés par la lune, sur son bateau.

— Bonne idée ! dit-il. Je dois discuter avec Robyn, puis je rentrerai sur l'île principale. Profite bien du reste de tes vacances. J'enverrai quelqu'un te chercher quand la rénovation du bungalow sera terminée.

Il parut hésiter, et elle le vit légèrement frémir quand il laissa glisser ses yeux verts sur son visage.

— Dors bien, Jemima, ajouta-t-il avec douceur.

Et sur ces paroles, il pivota sur ses talons et s'éclipsa.

À quoi joue-t-il au juste ?

Elle scruta la salle de bains vide, désemparée par son départ soudain. Ce qui était ridicule puisque elle-même avait quitté son bateau sans même lui dire au revoir, ce matin.

Son pouls se mit à battre plus fort. Juste ce matin ? Elle avait la sensation qu'une éternité s'était écoulée depuis. Et puis il y avait un autre élément à prendre en compte : vingt-quatre heures plus tôt, ils s'arrachaient mutuellement leurs vêtements avec passion et frénésie. Or, il venait à l'instant de s'adresser à elle comme un hôte. Cette distance la mit à cran.

Prenant sur elle, elle se démaquilla, agacée de le trouver encore dans ses pensées. Puis elle se brossa les dents, enfila un grand T-shirt en guise de pyjama et se mit au lit.

C'était comme se glisser dans un nuage, du moins était-ce ainsi qu'elle se représentait une telle scène. Dans un cocon de douceur, incroyablement léger... Et pourtant, elle ne parvint pas à trouver le sommeil !

Roulant sur le côté, elle frissonna longuement : séjourner dans la maison de Chase allait être de toute évidence une expérience dérangeante. Pourtant, comme ils n'allaient manifestement pas se retrouver de nouveau ensemble dans un lit, elle devait de toute urgence le chasser de ses pensées. Au fond, ce devait être le remous des vagues qui l'empêchait de trouver le sommeil. Elle les entendait derrière les carreaux et elles semblaient plus fortes que la nuit précédente. Mais il se pouvait que cette petite île soit plus exposée.

Elle avait dû finir par s'endormir car, tout à coup, elle se réveilla en sursaut, le cœur battant à tout rompre. Elle saisit tout de suite son téléphone : il était à peine 22 heures. Pour avoir déjà vécu ce genre de situation et être restée des heures sans pouvoir se rendormir, elle préféra se lever et aller se préparer une infusion.

La maison était plongée dans le silence, seul le son du vent et des vagues l'accompagna quand elle regagna le rez-de-chaussée. Elle utilisa la lampe torche de son portable, se faisant davantage l'effet d'une intruse que d'une invitée. Mais quand elle arriva dans le salon, cette lumière devint inutile. En effet, elle découvrit ébahie les éclairs qui zébraient le ciel derrière l'immense baie vitrée, éclairant les crêtes blanches d'une mer déchaînée et jouant à cache-cache avec les nuages, pareils à la lumière stroboscopique d'un concert de rock.

— Impressionnant, n'est-ce pas ?

À ces mots, elle sursauta, puis pivota sur elle-même.

Chase était affalé sur le sofa, ses yeux brillant comme ceux d'un chat dans le noir. Près de lui, sur la table basse, son ordinateur était ouvert.

— C'est incroyable, renchérit-elle, en posant la main sur l'accoudoir du siège le plus proche afin de retrouver son équilibre.

Que faisait-il encore là ?

Quand elle surprit le regard de Chase parcourir son T-shirt XXL, elle sentit ses seins se durcir sous le tissu en léger coton. Lui aussi avait changé de vêtements : il portait un bas de pyjama gris et un T-shirt noir. Par ailleurs, il était décoiffé, comme s'il avait dormi.

En réalité, il était la tentation incarnée !

Le cœur de Jem fit un bond dans sa poitrine lorsqu'il se redressa sur le canapé et que son T-shirt enserra plus étroitement son torse. Espérant que son trouble ne serait pas perceptible, et qu'elle ne raviverait pas des braises encore chaudes, elle prit son courage à deux mains et déclara :

— Je pensais que tu rentrais ce soir ?

Il haussa les épaules.

— L'orage était finalement plus violent que prévu, et il a éclaté plus tôt que prédit, alors j'ai préféré rester jusqu'à demain, et rattraper mes mails en retard.

Il tendit la main vers son ordinateur.

— Ce qui est merveilleux dans notre monde moderne, c'est que l'on peut travailler n'importe où et n'importe quand.

Puis il braqua les yeux sur elle. D'instinct, elle recula d'un pas.

— Je suis désolée, je ne voulais pas te déranger.

Tendu, Chase considéra Jemima en silence.

Il n'avait pas été tout à fait honnête avec elle : certes, la tempête et l'orage l'avaient empêché de regagner le *Miranda*, mais s'il était sur le canapé, les yeux grands ouverts, faisant mine de lire ses mails, c'était à cause d'elle. La savoir dans la même demeure que lui avait déclenché une sorte de feu vert dans son imagination, et son cerveau s'était mis à bouillonner d'images enfiévrées de son corps gracieux et délicieux.

Et voilà qu'elle se matérialisait sans bruit devant lui, en simple T-shirt. Si grand qu'il aurait été difficile, il est vrai, à un œil qui ne les connaissait pas, de deviner ses courbes. Malheureusement, ce n'était pas son cas.

— Tu ne me déranges pas.

En fait, si.

— Je regardais juste le feu d'artifice, ajouta-t-il. L'orage t'a réveillée ?

Elle secoua la tête.

— Non, je ne crois pas. C'est sans doute le fait d'être dans un nouveau lit.

Un léger silence s'ensuivit, et il eut l'impression de la voir rougir. Comme tout à l'heure, il ne parvint pas à détacher les yeux de sa personne.

Il s'éclaircit la voix, mais ce fut elle qui reprit :

— Tout va bien, cela dit. Je voulais juste me préparer une infusion, mais je peux franchement m'en passer.

— Mais non ! Viens, je vais te montrer où tout se trouve. La cuisine est juste là.

Et, refermant son ordinateur, il le prit et se leva pour l'emmener dans la cuisine. Pourquoi au juste avait-il insisté ? C'était comme s'il avait besoin d'être près d'elle. Besoin d'elle. Un sentiment si inhabituel chez lui qu'il en demeurait sidéré, tout comme tout à l'heure son rougissement l'avait stupéfié.

Une fois dans la cuisine, il posa son ordinateur sur le comptoir et alluma les lumières.

— Assieds-toi, lui dit-il en désignant les sièges autour de l'îlot. Qu'est-ce que tu veux comme infusion ?

Il considéra la rangée de placards, en ouvrit un, puis un autre, un troisième...

— Tu as besoin d'aide ?

— Non... Enfin, si ! Je n'ai pas la moindre idée de l'endroit où Robyn range les infusions, admit-il en contemplant des pots remplis de différents riz. C'est elle qui s'occupe de tout pour moi.

À cet instant, elle se pencha pour ouvrir un tiroir et il se figea en apercevant le dos de ses cuisses... Il les sentit de nouveau se refermer autour de sa taille au moment où elle s'était offerte à lui. Cette nuit était passée bien trop vite, et voilà qu'elle se retrouvait ici, dans sa maison, dans ce T-shirt qui n'était pas destiné à exciter un homme. Et pourtant...

Il serra les poings, le temps de se ressaisir, puis se retourna et, l'imitant, ouvrit un autre tiroir.

— Bingo ! s'écria-t-il.

Doublement soulagé, il scruta les boîtes de thé et d'infusion rangées avec soin.

— Alors, enchaîna-t-il, il y a de la menthe, du gingembre et curcuma, de la camomille, de la lavande et valériane. Je peux encore continuer si tu ne m'arrêtes pas.

— Euh... La camomille, ce sera parfait.

Il sentit qu'elle l'observait à la dérobée pendant qu'il remplissait la bouilloire, comme une antilope guette un léopard assoupi.

— Tu n'en prends pas ? demanda-t-elle quand il posa devant elle une tasse et une soucoupe.

Il secoua la tête.

— Je ne suis pas un grand fan des infusions. En revanche, je mangerais volontiers quelque chose. Tu m'accompagnes ?

Que lui avait-il pris de poser cette question ? Il était juste poli, voulut-il se rassurer. Tout comme sur la plage quand il lui avait demandé, de façon détournée, si elle avait un petit ami. Il s'était ensuite senti affreusement rougir : en quoi la vie de Jemima en Angleterre le regardait-elle ? Malgré tout, il avait voulu s'assurer qu'elle était bien célibataire.

— Non merci, je n'ai pas faim, dit-elle en secouant la tête.

Mais, alors même qu'elle prononçait ces paroles, son estomac émit un grognement bien audible, et elle se mordit la lèvre, au moment où leurs regards se croisèrent. Un sentiment de triomphe monta en lui lorsqu'elle tenta de retenir un petit sourire.

— Bon, un peu, peut-être, concéda-t-elle.

— Nous avons de la chance, dit-il en ouvrant le réfrigérateur. Robyn a préparé une de ses spécialités.

— Qu'est-ce que c'est ? demanda-t-elle quand il posa un saladier devant elle.

— Un poke bowl, annonça-t-il en plaçant deux bols sur le comptoir.

Et il vit un éclat d'intérêt briller dans ses yeux - qui lui rappelaient les eaux claires du lac Supérieur près duquel il avait grandi. Il y avait pêché avec son père et ses cousins ; à cette époque, il était une personne si différente, à mille lieues de soupçonner ce que la vie lui réservait. Il était jeune et naïf, il ignorait encore que le cours des événements pouvait rapidement mal tourner. Il n'imaginait même pas vers quels abîmes la souffrance pouvait entraîner un être humain.

Son torse se serra. Avec le temps, ses plaies avaient cicatrisé, il en était ressorti plus fort, au point de ne plus avoir à s'inquiéter au sujet de la douleur. Ni d'éprouver quoi que ce soit, d'ailleurs. Seuls les désirs primaires étaient demeurés : la soif, la faim et le désir. Et tous pouvaient être assouvis.

— Robyn vient de Hawaï. C'est le plat traditionnel, là-bas. À la base, il s'agit un mélange de viande, de poisson, de légumes et de fruits coupés en petits cubes. *Poke* signifie « hacher en petits morceaux » en hawaïen.

Elle considéra l'arc-en-ciel de couleurs qui se déployait devant elle : du riz, de la betterave, des fèves de soja, et de l'avocat.

— C'est très joli ! s'exclama-t-elle.

— Et délicieux !

Il lui tendit une fourchette.

— Il ne te reste plus qu'à manger.

Il la regarda goûter et visiblement apprécier chaque ingrédient les uns après les autres.

— Alors, c'est bon ?

— Un délice ! approuva-t-elle.

Lui qui était si affamé se rendit compte que sa faim avait presque disparu, et qu'il devait fournir un effort pour porter sa fourchette à sa bouche.

— Donc tu viens aussi de Hawaï ?

Il lui lança un coup d'œil par-dessus le comptoir, surpris par cette intrusion subite dans la sphère privée. La plupart des femmes qu'il rencontrait ne lui posaient aucune question personnelle, mais il était vrai que toutes en savaient en général suffisamment sur lui.

— Non, je viens du Minnesota, d'une petite ville près du lac Supérieur. Et toi ?

Elle hésita.

— D'un village près du Peak District.

Il changea de position sur son siège.

— Nous avons cela en commun, alors. Les bourgades. À ceci près que moi je suis parti et toi tu es restée.

Elle fronça les sourcils.

— Je suis née en Suède, puis j'ai vécu en Irlande et c'est à l'âge de quatre ans que je suis arrivée en Angleterre.

— Pourquoi la Suède ?

Elle haussa les épaules.

— Ma mère est suédoise.

Voilà qui expliquait la couleur de ses cheveux si clairs, et leur texture aussi, pareille à de la soie.

— Et ton père ?

— Anglais.

À cet instant, elle détourna les yeux comme si elle fuyait les siens. Il comprit immédiatement qu'elle lui cachait quelque chose, et perçut dans la foulée les barricades qu'elle venait d'ériger entre eux. C'était là un autre point en commun.

Encore une fois, elle se mordit la lèvre, et il éprouva l'envie subite d'insister pour qu'elle s'ouvre davantage à lui.

— Tu ne m'as pas dit quel métier tu exerces en Angleterre, reprit-il.

Il était vrai que, lors de leur dernière rencontre, ils avaient eu des préoccupations d'un tout autre ordre.

Un silence s'ensuivit, elle toussota et finit par dire :

— L'occasion ne s'est pas présentée.

— Non, tu as raison, concéda-t-il gentiment en croisant son regard.

Une légère rougeur se répandit sur ses joues. Pendant quelques secondes, elle ne pipa mot, puis elle reposa sa fourchette et déclara :

— Je n'ai pas encore de métier. Je travaille à mi-temps à la bibliothèque universitaire et je donne aussi des cours particuliers. En fait, je prépare un doctorat.

Après quoi, elle lui lança presque un regard de défi et ajouta :

— Sur les récifs « accidentels ».

Il avait déjà entendu l'expression, sans savoir vraiment ce qu'elle signifiait.

— Et qu'est-ce que c'est, exactement ? questionna-t-il, intéressé.

— En gros, c'est lorsqu'une épave devient un récif. Dès qu'un vaisseau coule, l'océan prend le dessus. Un nouvel habitat sous-marin se développe et, avec le temps, les poissons colonisent l'épave. Des algues, du corail se développent à la surface, les courants attirent du plancton en masse, lequel attire à son tour des poissons, qui vont eux-mêmes devenir la proie de requins ou de plus gros prédateurs. Des anguilles et des mérous se faufilent dans les recoins les plus sombres. L'épave crée donc tout un nouvel écosystème.

Il était autant captivé par son récit que par l'éclat qui brillait dans ses yeux.

— Et pourquoi as-tu choisi ce sujet en particulier ?

— Pendant mon master, un de mes profs a éveillé ma curiosité et puis ma sœur m'a convaincue de faire une thèse là-dessus. Holly est une force de la nature, ajouta-t-elle en souriant.

Elle ne manquait jamais une occasion de citer sa sœur ou son frère, quand la conversation devenait trop personnelle. Pourquoi les utilisait-elle comme boucliers ? se demanda-t-il alors.

— Je pensais qu'on s'accordait à dire que les épaves représentaient une menace, même les plus anciennes.

Le sujet l'intéressait énormément, mais c'était avant tout Jemima qui capturait son attention, et la façon dont elle partageait son savoir.

— En effet, de nombreuses recherches ont été menées sur leurs effets négatifs, reconnut-elle. Notamment sur la pollution que produisent les fuites de carburant et les particules de rouille. Cependant, les épaves existent et il est important de trouver un moyen de vivre avec.

— Le mieux est l'ennemi du bien, décréta-t-il.

— Exactement, approuva-t-elle en rougissant un peu. On ne peut pas changer le passé, mais tenter de faire au mieux avec. Voilà pourquoi je m'intéresse aux aspects positifs des épaves.

— Qui sont ?

Un pli creusa son front.

— Pour commencer, elles protègent les récifs naturels des plongeurs, surtout dans les zones où le tourisme repose sur la plongée sous-marine.

Il hocha la tête, tout en se rendant compte que Jemima exerçait un effet apaisant sur lui : alors qu'il était tendu depuis des semaines car la date anniversaire de la mort de

Frida approchait, il se sentit soudain inondé par une vague de calme.

— Par ailleurs, avec le réchauffement des océans, elles représentent un habitat pour les espèces originaires des régions polaires, à présent obligées de migrer. Mais j'ai assez parlé de moi. À ton tour ! Quel est ton métier ?

— C'est donc donnant-donnant ? demanda-t-il en la regardant droit dans les yeux.

— Il s'agit d'un échange, non ? reprit-elle.

Touché ! Elle était si rafraîchissante, trop jeune encore pour avoir connu les épreuves que réservait la vie et qui vous endurcissaient.

— Je travaille dans les assurances.

Elle écarquilla ses grands yeux gris.

— Tu plaisantes ?

— Pas du tout. J'ai lancé ma propre affaire il y a dix ans environ.

— Si je comprends bien, ton bateau, c'est juste pour le plaisir ?

— Pas juste pour le plaisir, ma belle, renchérit-il un rien vexé. Pour les trésors, aussi.

— Les trésors ? répéta-t-elle en arrondissant sa bouche si sensuelle qu'un désir fou de la goûter de nouveau s'empara de lui.

— Quand j'ai besoin de me détendre, je viens aux Bermudes, et je pars à la chasse aux trésors dans les vieilles épaves. C'est pour cette raison que j'ai une résidence ici.

Enfin, ce n'était pas tout à fait aussi simple.

Après l'accident, il avait voulu rester dans le néant du chagrin, alors que ses parents, ses amis tentaient précisément de l'aider à surmonter sa peine. Mais il préférait être seul, estimant que c'était tout ce qu'il méritait. Un jour, il avait donc loué un bateau à Beaufort, en Caroline du Nord, et avait pris la mer par mauvais temps. Une dangereuse tempête s'était levée.

Il avait passé deux jours sur l'océan, à affronter le vent et les vagues, sans presque dormir. Ayant grandi près d'un immense lac, il savait naviguer depuis sa plus tendre enfance : il partait en mer comme d'autres font du vélo. Au matin du troisième jour, le calme était revenu. Et lorsqu'il avait allumé son portable, il avait découvert les messages de panique de ses proches.

Et puis le soleil s'était levé, avait inondé le ciel de sa fine lumière dorée, lui révélant pour la première fois les Bermudes. Il avait tout de suite ressenti un lien de parenté avec cette île qui, comme lui, était soumise aux aléas des tempêtes. Et devait les affronter seule, au milieu de l'océan.

Désormais, il vivrait ainsi. Séparé de tous. Il ne pouvait faire autrement : éprouver des sentiments, se soucier ou avoir besoin d'autrui, tout cela était devenu au-dessus de ses forces...

Face à lui, Jemima cala une mèche de cheveux derrière son oreille, et il se rappela sa texture soyeuse et la manne de possibilités que cela avait ouverte en lui.

Non, impossible ! se dit-il en ouvrant son ordinateur portable.

— Parce qu'au large des Bermudes, il y a plus d'épaves au mètre carré que sur tout le reste de la planète, reprit-elle d'une voix lente, faisant le rapprochement.

— En effet, c'est ce qu'on dit.

— Et donc, tu les recherches ?

— Tout à fait, acquiesça-t-il en tapant sur son clavier. Chaque fois que je viens aux Bermudes. Tu vois celle-ci ?

Il tourna alors l'écran vers elle, et elle écarquilla les yeux devant ce qu'il lui montrait.

— C'est la dernière épave de bonne taille que l'on a trouvée. C'est un bateau espagnol qui a coulé en octobre 1715.

Et il cliqua sur les différentes photos des objets que le navire contenait, mais au lieu de les regarder, ce fut elle qu'il observa, attiré par la courbe de ses seins… L'espace d'une seconde, il se vit en train de pousser l'ordinateur, et de la hisser sur le comptoir…

— Et cela ne risque pas de l'endommager ?

Comme pris en flagrant délit, il répondit d'un ton plus dur qu'il l'aurait voulu :

— C'est une épave, Jemima. Comme son nom l'indique.

— Oui, mais il y a tout un écosystème de vie marine à l'intérieur.

Et elle désigna la preuve sur les photos qui entouraient les « trésors » dénichés. La plupart du temps, les femmes étaient en admiration et vibraient d'excitation devant lui et ses trouvailles, mais Jemima le prenait visiblement pour un crétin.

— Bien sûr, et on le contourne. Tu sais, j'ai fait du *base jumping*, du rafting en eaux vives, de l'escalade libre, mais ça, c'est le plus excitant.

— Et c'est juste ce que ça représente pour toi ? Une bouffée d'adrénaline ?

La dureté de ses paroles lui noua la gorge. Il haussa les épaules.

— L'adrénaline, c'est bon pour la santé, tu sais. Cela peut bloquer la douleur, permettre de mieux respirer, améliorer la vue, le système immunitaire.

Intensifier le plaisir, ajouta-t-il en silence tandis qu'elle le regardait fixement. Et puis il y avait bien autre chose qu'il aurait pu évoquer, comme l'équipe d'archéologues qu'il employait ou la Farrar Exploration, qui s'était engagée à exposer ses trouvailles dans les musées. Tout comme le fait que, après avoir passé des années à créer une société qui générait des milliards, il avait parfaitement le droit de ratisser chaque année pendant trois mois les fonds marins pour qu'ils lui livrent ses secrets. Mais pourquoi se serait-il justifié ?

— Tu sais, on peut trouver des rushs d'adrénaline autrement. Je ne pense pas que l'océan doive être pillé pour les frissons qu'il procure, déclara-t-elle.

— C'est l'excitation qui permet de gagner de l'argent et de faire tourner le monde.

— Tu es très cynique !

— Et toi très naïve.

— Absolument pas ! dit-elle d'un air outré, ce qui fit briller ses belles prunelles. Je crois juste que le monde serait meilleur si on se concentrait sur autre chose que nos petits plaisirs égoïstes. La Terre fait de son mieux pour subvenir à nos besoins, mais il faut aussi qu'on l'aide.

À présent, elle était toute rouge et apparemment surprise aussi de s'être laissé emporter. Tout à coup, il se sentit honteux : comme il avait dû lui sembler désabusé. Il allait le lui dire, et s'en excuser, mais elle ne lui en laissa pas le temps.

— Merci pour la nourriture, décréta-t-elle en se levant. Je ne manquerai pas de féliciter Robyn. Bien, je te laisse à tes mails.

— On se revoit demain au petit déjeuner, avant mon départ.

Lui aussi se mit debout. Pendant quelques secondes, ils se regardèrent droit dans les yeux, puis elle cligna des paupières.

— Je ne déjeune pas vraiment, le matin.

— Dommage, car Robyn fait les meilleurs croissants du monde.

À cet instant, il crut qu'elle allait lui dire d'aller se faire voir avec ses croissants, mais à la place, elle répondit d'une voix inexplicablement tendue :

— Bonne nuit.

Puis elle sortit de la cuisine.

Le silence s'abattit tout autour de lui tandis que son cœur battait à toute vitesse. Jemima était un être de passion, et sa façon de défendre l'océan lui avait rappelé la fougue dont elle avait fait preuve dans ses bras. Il revoyait sa bouche, rouge et gonflée par ses baisers, sa chevelure dorée emmêlée sur l'oreiller...

Il avait eu la sensation d'être si proche d'elle, cette nuit-là. Mais n'était-ce pas l'illusion que générait l'intimité sexuelle ? En dehors de la fièvre d'une chambre à coucher, Jemima et lui n'étaient pas juste différents, ils étaient aux antipodes l'un de l'autre. Elle croyait que l'on pouvait faire advenir un monde meilleur, alors qu'il était persuadé que la vie était dangereuse, cruelle et aléatoire.

Son désir pour elle refusait pourtant de s'éteindre, mais il serait plus fort que lui : il le surmonterait. À ceci près qu'il n'était pas certain d'en avoir vraiment envie.

5

Ouvrant les yeux, Jemima se sentit d'abord désorientée dans la chambre obscure. Mais n'avait-elle pas toutes les raisons de l'être puisque c'était la troisième nuit d'affilée qu'elle se réveillait dans un lit différent ?

Par ailleurs, elle n'avait pas très bien dormi après avoir dit bonne nuit à Chase Farrar ; il était resté insidieusement dans son esprit.

Tout à coup, elle se mordit la lèvre. Pourquoi s'était-elle emportée contre lui, hier soir ? Il aurait été préférable qu'elle se taise. Ce qu'il faisait ou non ne la concernait absolument pas. Pourtant, devant son regard fiévreusement rivé aux photos des objets qu'il avait dénichés dans l'océan, elle s'était rendu compte que la seule différence qui existait entre Chase et les hommes qui avaient traversé sa vie, c'était la nature de l'addiction. Chez lui, ce n'était pas l'alcool ou le jeu, mais l'adrénaline que lui procuraient la plongée et sa quête de trésors enfouis.

En d'autres termes, au lieu de rompre avec ses mauvaises habitudes comme elle se l'était promis, elle retombait dans le même schéma. Et confirmait la théorie de sa sœur selon laquelle seuls les hommes séduisants et prisonniers d'une addiction l'attiraient.

Exaspérée, elle roula sur le côté et se rendit dans la salle de bains. Une bonne douche allait lui remettre les idées en place et en chasserait Chase. Mais c'était un vœu pieux ! Car, quand elle s'enveloppa dans le grand drap de bain tout moelleux pour s'essuyer, elle ressentit au creux du ventre la même impression que la veille au soir dans la cuisine : un désir insensé pour lui. Et pour ne pas l'embrasser, elle était sortie précipitamment de la pièce.

Furieuse, elle regarda son reflet dans le miroir : avait-elle envie de recoucher avec Chase Farrar ? Son corps se tendit brusquement, et une onde de chaleur l'envahit : en repensant à leurs étreintes ardentes, la réponse était oui, bien sûr ! Mais la situation était bien plus compliquée qu'elle ne le semblait ! Chase n'était rien d'autre qu'un fantasme. Ou du moins c'était le cas de l'homme qui lui avait intimé de se déshabiller, qui l'avait fait vibrer comme aucun autre ; la réalité, c'était qu'il était addict à l'excitation que lui procurait l'océan, comme Nick à l'alcool.

Il était donc préférable qu'il reste un beau souvenir pour elle, et qu'il parte au plus vite : le ciel couleur pêche paraissait indiquer que ce serait le cas. Il lui fallait juste rester forte jusqu'à son départ de toute évidence imminent.

Il n'y avait personne dans la cuisine, mais elle sentit tout de suite l'odeur chaude de viennoiseries juste sorties du four... Elle en suivit la trace jusqu'à la terrasse : une assiette remplie de croissants dorés à point était posée sur une table, juste à côté d'une autre proposant des fruits frais coupés en morceaux et d'un bol de muesli. La porcelaine blanche était également des plus raffinées. Rien à voir avec ses mugs et toute sa vaisselle, tous dépareillés ! Encore une fois, c'était le fantasme *versus* la réalité, se dit-elle en s'avançant vers la balustrade. Son regard passa des ondulations du sable rose à celles de la mer turquoise et scintillante... Toute trace de la tempête avait disparu, comme dans un rêve.

Mais qu'est-ce que... ?

Elle cligna des yeux : dans l'océan, Chase venait d'émerger des vagues, tel un dieu mythique de la mer, ses cheveux blonds ramenés en arrière. Il lui tournait le dos et les gouttes tombaient sur ses épaules. Le cœur de Jem se mit à battre comme un fou.

Elle recula d'un pas vacillant, et se heurta à la table métallique ; le son résonna comme un tir de balle dans la crique paisible. Immédiatement, il se retourna et elle se figea. Il prétendait travailler dans les assurances, mais elle l'aurait plutôt imaginé dans la peau d'un tireur embusqué ! Cela dit, pourquoi lui aurait-il menti sur sa profession ? Elle avait rarement eu affaire à des courtiers en assurances, mais elle les imaginait difficilement en version masculine de *La Naissance de Vénus*, de Botticelli.

Pendant quelques secondes, ils se contentèrent de soutenir le regard de l'autre, puis il revint vers elle en quelques brasses longues et maîtrisées.

— Bonjour, dit-il d'un ton calme. J'ignorais que tu étais réveillée.

— Bonjour, répondit-elle avec un petit sourire crispé. On dirait que le petit déjeuner est prêt.

Pourquoi proférait-elle une évidence ? Cet homme la rendait si nerveuse qu'elle en disait n'importe quoi. Et il la poussait à agir sur des impulsions.

Elle se détendit quand ils furent assis et que Chase fut rhabillé. Ils se mirent à parler de tout et de rien, en partie à cause des apparitions à intervalles assez réguliers – et bienvenues – de Robyn pour leur resservir du café ou débarrasser des assiettes, et parce qu'il était plus sage de s'en tenir aux banalités.

La terrasse en bois évoquait davantage l'Italie que le style colonial des Bermudes : elle était immense, et flanquée de deux bungalows disposés de sorte à réserver intimité et panorama à chacun.

— Quel est ton programme, aujourd'hui ?

La voix de Chase l'arracha à sa contemplation.

— Je ne sais pas. Je n'y ai pas encore pensé, mais que cela ne te retienne pas.

Un silence s'ensuivit, puis il se pencha en avant.

— Je sors les bateaux au large. L'océan révèle plus facilement ses secrets après un gros orage, donc c'est l'occasion ou jamais pour partir à la chasse aux trésors.

— Effectivement, je l'ai déjà entendu dire dans mon enfance, en Irlande.

Ses parents n'y avaient pas habité très longtemps, la présence des pubs créant de terribles disputes. Ils étaient ensuite revenus en Angleterre.

— Eh bien, viens le vérifier aujourd'hui !

— Pardon ? Tu m'invites à sortir en mer avec toi ? Non, je ne crois pas que ce soit une bonne idée.

Vraiment pas !

— Pourquoi pas ? Tu m'as bien dit que tu voulais plonger, non ?

— C'est vrai...

— Mais quoi ? Tu préfères plonger en compagnie de touristes incompétents dans un endroit bondé ?

— Je n'ai pas dit ça ! s'écria-t-elle à fleur de peau. C'est juste que je n'ai pas mon équipement.

— Je peux t'en prêter un. Allez, Jemima, tu as envie de plonger, je le sais. Allons faire un tour près de tes « récifs » !

Sa voix enjôleuse la troubla, tout comme ses yeux brillants. Après tout, elle ne courait aucun risque puisqu'ils seraient tous les deux en tenue de plongée, n'est-ce pas ?

— Bon, entendu, alors, finit-elle par dire.

— Super ! trancha-t-il.

Et il se leva.

— Où vas-tu ?

— À la pêche aux trésors. Viens !

Sur ces mots, il lui tendit la main pour qu'elle se lève. Un frisson d'excitation la parcourut : elle était comme un surfeur sur la crête d'une vague, à la fois tendu et euphorique.

En moins de dix minutes, Jemima se retrouva dans un buggy, à cahoter sur une piste menant au « dock », pour reprendre le terme de Chase. Quelle ne fut pas sa surprise de découvrir non pas une, mais six digues flambant neuf !

— Nous avons terminé leur construction il y a deux mois à peine, déclara Chase. Elles sont à la pointe de la technique et devraient résister aux tempêtes les plus violentes, déclara-t-il.

Elle hocha la tête, captivée par les bateaux qui y étaient amarrés les uns à côté des autres sur l'eau turquoise, et notamment par le plus grand d'entre eux, un immense yacht blanc. Elle retint son souffle en évaluant sa longueur…

— Je te présente le *Miranda*, déclara Chase, visiblement conscient de sa fascination.

Et il coupa le moteur du buggy.

— Baptisé d'après *La Tempête* ?

Il hocha la tête.

— Ça m'a semblé approprié, répondit-il en croisant son regard.

— Il est magnifique, dit-elle.

— Je trouve aussi, approuva-t-il d'un air satisfait. Et celui-là, c'est l'*Umbra*. C'est le bateau entrepôt, où nous stockons tout le matériel : les buggys, les submersibles, l'hydravion. Et puis quelques jouets comme les jet-skis ou les hydroglisseurs.

Pardon ? Des submersibles ? Un hydravion ?

Les mots résonnaient encore dans sa tête lorsqu'ils montèrent sur le yacht. Elle sourit poliment aux membres de l'équipage tandis qu'il les lui présentait… Comment avait-elle pu se tromper à ce point sur Chase, lors de leur première rencontre ?

Tout simplement parce qu'il t'a induite en erreur.

Elle sentit ses épaules s'affaisser lorsque la voix de sa sœur s'immisça dans sa tête.

Et tu ne lui as pas posé les bonnes questions. Cette fois, c'était la voix d'Ed. *Comme d'habitude. Sinon tu ne serais pas sortie avec autant de crétins.*

Mais n'étaient-ce pas précisément Ed et Holly qui l'avaient encouragée à vivre des nuits sans lendemain, pendant les vacances ? Et dans ce contexte-là, on ne posait pas de questions ! Bon, elle y était tout de même allée un peu fort en ne lui demandant même pas son nom de famille.

Exactement, vit-elle Holly répondre en haussant les sourcils. *De toute façon, ça ne change rien. Il reste une aventure, même s'il possède une île et un yacht.*

Et un hydravion, quand même ! entendit-elle Ed renchérir. *Mais n'oublie pas que tu es là pour t'amuser, pas t'attacher…*

— Tu peux utiliser cette cabine, déclara Chase en ouvrant une porte. On va t'apporter une combinaison de plongée pour que tu te changes.

Le mobilier était de couleur vert pâle, semblable à celui de la villa, les murs clairs, les accessoires en rotin, et le tout indiquait une fortune que l'on dépensait sans compter.

— Tout va bien ? reprit-il d'une voix aussi froide et profonde que l'océan.

— Oui... Quel est le nom de ta compagnie d'assurances, déjà ?

Il parut hésiter.

— Monmouth Rock.

Le cœur de Jem fit un bond dans sa poitrine. Même si elle n'y connaissait rien en assurances, ce nom lui était familier, pour la bonne raison qu'il était partout. Le logo – un roc noir sortant de l'écume des vagues – figurait même sur un T-shirt d'Ed.

— Et tu es le propriétaire de Monmouth Rock, c'est bien ça ?

— L'actionnaire majoritaire, oui, rectifia-t-il.

Elle était donc en présence de Chase Farrar, l'un des super-riches de ce monde pour qui le quotidien du commun des mortels – comme payer des mensualités pour rembourser une maison – relevait de l'abstraction.

Pas étonnant qu'il soit ici pour chasser des trésors !

— Je vois.

— Cela n'a eu aucune importance lors de notre rencontre.

— Non, c'est vrai...

Il la regarda fixement pendant quelques secondes, et elle eut la sensation que ses prunelles la transperçaient. Elle retint son souffle, consciente qu'ils étaient seuls, et soudain terrifiée : allait-il exiger quelque chose d'elle en retour de son aveu ? Un baiser... Un secret...

— Rejoins-moi sur le pont quand tu seras prête ! trancha-t-il.

Et il sortit d'un pas vif de la cabine en refermant la porte derrière lui.

Une fois en tenue, elle regagna le pont : cinq personnes s'y trouvaient, dont Chase qui la troubla particulièrement dans sa combinaison moulante en néoprène.

— Parfait ! dit-il. Il est temps de passer sur le bateau de plongée.

— On plonge ici ?

Elle avait cru qu'ils s'éloigneraient au large.

— C'est l'avantage des Bermudes. Il suffit de se positionner à une centaine de mètres du rivage et on est rapidement dans les profondeurs. Voilà pourquoi l'île est appréciée des plongeurs.

Une fois sur l'autre bateau, il déclara :

— Nous allons plonger à six : Billy, Dale, Jonah, Linda, moi, ainsi que Mme Friday qui se joint à nous aujourd'hui. Elle effectue des recherches pour sa thèse.

L'équipage lui sourit et, encore une fois, elle se demanda comment elle avait pu croire qu'il louait des vélos et des motos pour gagner sa vie.

— Le site de plongée est à vingt-cinq mètres sous l'eau. De là, on descendra à soixante mètres, là où on a toujours de la visibilité, et on vérifiera que le partenaire de chacun est bien là.

Cette vérification faisait partie de la procédure standard puisqu'elle avait eu lieu à chacune de ses plongées, tout comme le fait de plonger en duo.

— Qui sera mon partenaire ? demanda-t-elle.

— Moi, bien sûr, s'empressa de répondre Chase.

À ces mots, un frisson la parcourut qui n'avait rien à voir avec la perspective de plonger en profondeur.

— Je sais qu'il y a longtemps que tu n'as pas pratiqué, mais ne t'inquiète pas, je serai là, ajouta-t-il gentiment.

Le soleil brillait avec éclat sur l'eau. Ils prirent place pour plonger, bouteilles d'oxygène dans le dos.

Tout à coup, Chase posa la main sur son épaule. Elle tourna le visage vers lui, il leva le pouce, elle l'imita, comme le voulait la procédure, puis ils s'élancèrent…

Comment avait-elle pu rester si longtemps sans faire de

plongée ? Telle fut la première pensée qui l'assaillit quand elle entra dans l'eau.

Car c'était comme arriver dans un autre monde. Une œuvre d'art vivante, une aquarelle immaculée, aussi fascinante qu'un Monet, avec de surcroît des couleurs changeantes, qui passaient constamment du clair au plus foncé, ou devenaient plus vives.

Cela aussi, elle l'avait oublié.

Elle sentit son pouls battre plus rapidement en découvrant la limpidité des fonds marins. Autour d'elle, des poissons en technicolor fusaient par saccades dans toutes les directions, apparemment indifférents aux roussettes et aux raies qui se déplaçaient avec langueur à travers les ellipses que formaient ces premiers. Ce fut alors que, sous les éponges frémissantes et les coraux d'un rose et orange phosphorescent, quasi surnaturels, se dessina l'épave.

Se retournant, elle tapa sur le bras de Chase, qui hocha la tête, et ils descendirent plus bas. Le bateau était sur le flanc. Certaines parties s'étaient désintégrées, mais la forme de la coque était encore bien visible ; des poissons en entraient et en sortaient.

Elle nagea vers deux poissons-anges, puis fut distraite par un poisson-trompette d'un jaune vif qui se déplaçait verticalement dans l'eau. Chase la suivait.

Et tout à coup, il fut l'heure de remonter.

De retour sur le bateau, elle était exaltée.

— C'était incroyable, dit-elle en retirant son masque de plongée.

Puis elle regarda Chase et, sans réfléchir, lui saisit les deux mains et les lui étreignit très fort.

— J'avais vu des vidéos sur Internet, mais c'est encore plus merveilleux que ce que j'imaginais. Il y avait tant d'espèces ! Oh ! j'ai oublié de prendre des photos !

— Ce n'est pas grave, nous effectuerons deux autres plongées. L'équipage va poursuivre sa route, cet après-midi, mais moi, je replongerai ici avec toi.

— Je pensais que c'était un site de prospection, dit-elle en lui lâchant les mains.

Il secoua la tête et lui adressa un de ses sourires dévastateurs.

— On ne plonge que si on a une bonne raison. Cette épave a été dépouillée par les gens d'ici depuis des années. Mais j'ai pensé que ce serait bien pour tes recherches.

À ces mots, elle sentit son pouls battre vivement à ses tempes.

— Tu as fait ça pour moi ? demanda-t-elle avec lenteur.

Il fronça les sourcils.

— Tu as l'air surprise ?

— Eh bien, oui, un peu ! Après ce que tu m'as dit hier soir, je pensais que tu voulais aller à la chasse aux trésors.

— Cela m'est égal d'attendre quand ça en vaut la peine, répondit-il en la regardant droit dans les yeux. D'ailleurs, je suis un grand fan des satisfactions différées.

Il ne parlait plus des naufrages, elle en était certaine. Ils restèrent silencieux pendant quelques instants, puis elle s'éclaircit la voix.

— Merci beaucoup ! C'était vraiment très gentil de ta part.

— Avec plaisir... Donc on y retourne tout à l'heure ?

Ce n'était pas une bonne idée. Il aurait été bien plus prudent de refuser... de sorte qu'une seule réponse s'imposa à elle :

— Oui !

Après leur déjeuner sur le yacht, Jemima n'oublia pas cette fois d'emporter son appareil-photo – étanche – quand ils replongèrent. Elle prit des photos en zoom du corail autour de la coque, puis passa en mode caméra, le cœur battant. Tout était si calme, ici. Il était si facile d'oublier que le monde réel existait.

À un moment, Chase lui tapa sur l'épaule pour lui désigner un sergent-major à rayures, après quoi elle le suivit jusqu'à ce que, du coin de l'œil, elle aperçoive une tortue qui pénétrait dans l'épave. Alors, tournoyant sur elle-même, elle avança vers cet être sous-marin inattendu pour prendre une photo.

Une main lui enserra soudain le bras : Chase était à ses côtés, front plissé derrière son masque. Elle lui montra du doigt la tortue, mais il secoua la tête et leva le pouce vers la surface. Elle fronça les sourcils, lui rendit son signe et remonta à contrecœur avec lui. Dès qu'ils furent sur le pont, il ôta son masque et se tourna vers elle.

— Mais enfin, tu joues à quoi ?

Il n'avait pas haussé le ton, au contraire, et cette voix presque basse parut suffisamment menaçante aux deux membres restants de l'équipage pour qu'ils s'éclipsent. Envolé son sourire charmeur, son expression était aussi dure et inaccessible que le roc du logo de sa société.

— Tu aurais dû me dire que tu voulais regarder quelque chose de précis. Tu n'as pas compris le concept de partenaire de plongée ?

Il s'agissait donc de la tortue.

— Si, bien sûr !

— Vraiment ? Parce que, pour moi, chaque plongée est un contrat : on a le devoir de veiller sur la sécurité de son partenaire.

— Je suis d'accord.

— Dans ce cas, que s'est-il passé ? Tu as oublié, c'est ça, à cause de tous les beaux poissons ?

— Non, dit-elle en secouant la tête. Ce n'est pas exactement cela.

— C'est *exactement* ce qui s'est passé, déclara-t-il catégorique, mâchoires serrées. Tu affirmes savoir ce que signifie « partenaire de plongée », mais ce ne sont que des mots en l'air, parce que tu n'as pas suivi la procédure.

Elle se sentit rougir mais, sans la lâcher des yeux, il poursuivit :

— Ce n'est pas une piscine de plongée, Jemima, c'est l'océan ! Tu ne peux pas agir sur une impulsion. Te dédouaner des règles quand tu en as envie. Nous avions un...

— Tu peux au moins me donner l'opportunité de...

— De quoi ? De me prouver que je me trompe ? Que tu ne risquais rien ? Qu'est-ce que tu en sais ?

Sa voix rauque dénotait une colère qui la choqua. Son emportement était démesuré.

— En une seconde, on peut tout perdre ! Mais visiblement, tu n'en as pas conscience. Tu as agi comme une enfant capricieuse !

Elle le regarda, sidérée par l'intensité de sa fureur. Même si le soleil tapait fort sur le pont, elle se sentait glacée à l'intérieur de sa combinaison de plongée.

— Je ne suis pas une enfant, Chase, et j'ai bien compris l'enjeu. La prochaine fois...

— Il n'y aura pas de prochaine fois ! Je passe mon temps à évaluer les risques, et cette deuxième chance que tu réclames s'apparente pour moi à un éventuel accident. Or, un accident est complètement dévastateur. Je te souhaite de ne jamais connaître une telle expérience. C'est pourquoi nous l'éviterons en nous abstenant.

Ces paroles la touchèrent comme un coup de poing en pleine poitrine et la ramenèrent immédiatement au tribunal, dix ans plus tôt, lorsque le juge avait lu le verdict de la mort accidentelle de son père. Un verdict très détaillé, car le décès aurait pu être évité.

Par elle.

Seulement, là non plus elle n'était pas allée au bout des choses. Elle avait renoncé, s'était enfuie...

Elle eut soudain la nausée.

Chase reprit alors :

— C'est ma faute. Je pensais que tu avais compris l'enjeu, mais je m'aperçois que non. Or, je ne m'entoure pas de gens qui ne comprennent pas les conséquences de leurs actes. Surtout dans l'océan.

Un long silence s'ensuivit.

— Je vais ranger les affaires ici. Quelqu'un va te ramener sur le yacht.

Elle le regarda s'éloigner, torturée par une douleur qui avait à la fois tout et rien à voir avec lui – une douleur qu'elle devrait toujours porter en elle parce qu'une fois dans sa vie elle avait failli, et n'était pas allée jusqu'au bout d'une entreprise.

De retour sur le *Miranda*, Chase se dirigea vers sa cabine et s'y enferma. Il jeta son téléphone sur le lit, s'y assit, pour presque aussitôt se relever et se mettre à faire les cent pas, le cœur battant de frustration et d'incrédulité.

Sur son yacht, il n'y avait pas d'alcool, car c'était incompatible avec la plongée – une association dangereuse. Par ailleurs, il exigeait que tous les membres de son équipage effectuent un test antidopage. Pourtant, à l'heure actuelle, une bonne rasade de whisky aurait été la bienvenue. Voire toute une bouteille. Quelque chose qui l'aurait détendu !

Il serra les mâchoires.

S'il était dans tous ses états, c'était la faute de Jemima. Elle n'avait pas respecté les règles. Pire : il avait transgressé les siennes en l'invitant à plonger avec lui pour la seule raison qu'il en avait envie. Tout comme il avait eu envie de prendre son petit déjeuner avec elle. De lui parler, de se baigner dans la couleur de ses yeux argentés. Bref, tout ce qui était bien plus intime qu'une nuit fiévreuse, tout ce sur quoi il avait depuis longtemps décidé de faire une croix !

Subitement, il s'immobilisa : il venait de croiser son reflet dans le miroir. Haletant, il se revit en train de vérifier le gilet de stabilisation de Jemima, tout à l'heure... Il avait dû recourir à toute la force de sa volonté pour ne pas se pencher vers elle et baiser sa nuque, à la naissance de ses cheveux si soyeux.

Il redressa la tête et, tout à coup, le visage de Jemima se substitua au sien. Ses prunelles emplies de chagrin, sous le choc.

Il jura et détourna le regard.

Elle était si douce, si sérieuse... Pourtant, il sentait en elle une fêlure intérieure. Il l'avait perçue la veille au soir. Était-ce pour cette raison qu'elle s'était envolée à des milliers de kilomètres de chez elle ? Fuyait-elle un chagrin ?

Il aurait aimé lui dire que c'était inutile : où que vous alliez, la souffrance vous poursuivait comme votre ombre, et même si vous tentiez des subterfuges, de type alcool ou drogue, elle revenait toujours.

Jemima était si jeune, pensa-t-il encore. Bien trop pour être déjà abîmée par la vie...

Assez ! Ce n'était pas son problème ! Pas son problème..., se répéta-t-il. Il avait besoin d'air frais pour se rafraîchir les idées, il lui fallait aussi se détendre les jambes... Et ce fut ainsi qu'une heure plus tard, de fil en aiguille, il se retrouva devant la cabine de Jemima.

6

— Une minute !

Chase entendit du mouvement dans la chambre et, tout à coup, la porte s'ouvrit. Jemima portait à présent une tunique et un short. Derrière ses lunettes, ses yeux étaient brillants, comme si elle avait pleuré. Il sentit son estomac se tordre. Et subitement, au pied du lit, il aperçut son bagage.

— Je suis presque prête, dit-elle d'une voix tendue.

Son pouls se mit à battre plus fort. S'il avait été raisonnable, il lui aurait dit au revoir et serait parti, mais…

Mais il la revit nue devant lui, frémissante comme une fleur sauvage sous la lueur de la lune, les joues rougies… Et toute raison l'abandonna.

— Je ne suis pas venu pour ça…

Il hésita. Il y avait longtemps qu'il n'avait pas eu à se justifier devant quiconque. Mais il était vrai qu'il s'efforçait de ne jamais avoir à s'expliquer sur son comportement en ne déviant jamais du chemin qu'il s'était fixé.

Seulement voilà : avec Jemima, ses impulsions l'avaient rattrapé.

— C'est à propos de tout à l'heure… Je me suis laissé emporter. J'imagine toujours les pires scénarios, et la plongée peut réellement en occasionner.

Et pas que la plongée. La vie était, d'une manière générale, dangereuse, imprévisible, et affreusement cruelle. Son cœur se contracta : il venait de revoir le visage de la jeune policière qui lui avait annoncé l'accident. Elle devait avoir l'âge de Jemima. Il se rappelait le tremblement dans sa voix, son regard fuyant, comme s'il lui avait été intolérable de croiser le sien...

Mais, pour l'instant, c'était Jemima qui avait les yeux fixés sur lui.

— Cela arrive souvent, reprit-il. Le mois dernier, j'ai croisé un bateau qui avait jeté l'ancre, tout le monde était sur le pont, penché de tous les côtés. On s'est approchés d'eux et ils nous ont dit qu'ils avaient perdu deux plongeurs.

Bon sang ! Parmi toutes les explications possibles, pourquoi avait-il choisi celle-ci ? Mais il était trop tard pour faire machine arrière.

— Apparemment, c'était censé être une plongée rapide, avec des types expérimentés. Néanmoins, ils n'avaient pas refait surface. Le capitaine en personne était descendu voir ce qui se passait, mais n'avait pu repérer le moindre indice. Puis ils s'étaient rendu compte que les deux plongeurs avaient oublié leur boussole numérique.

À l'expression de son visage, il était clair qu'elle avait compris ce que cela signifiait. Sans boussole, il était à peu près impossible de revenir tout seul vers le bateau de plongée.

— On a tous scruté l'eau et, tout à coup, un membre de mon équipe a distingué un minuscule éclat argenté, à un bon kilomètre du bateau de plongée. C'est ainsi qu'on les a retrouvés, car l'un d'entre eux avait une montre numérique qu'il pointait vers le soleil, et c'est cela qu'on avait vu.

— Ils allaient bien ?

— Un peu secoués, mais oui.

Elle se mordit la lèvre.

— Comment as-tu su que les gens sur le bateau avaient un problème ?

Parce qu'il était toujours à l'affût d'une catastrophe, pensa-t-il, le souffle court. Mais comment aurait-il pu en aller différemment alors qu'il n'avait pas vu celle qui s'était déroulée sous ses yeux ?

Il haussa les épaules.

— Quelque chose avait l'air de clocher.

— Et tu avais raison, dit-elle. Comme tout à l'heure. Je n'ai pas suivi le règlement. Bon, je finis de ranger mes affaires.

Mais au moment où elle allait refermer la porte, une sorte de panique le saisit.

— Non, ce n'est pas pour cela que je t'ai raconté cette histoire. Je cherchais juste à t'expliquer que j'ai dramatisé, cet après-midi. Tout le monde peut avoir quelques secondes d'inattention.

— Mais toi, ça ne t'arrive jamais !

— Détrompe-toi ! Il y a peu, je suis allé au port chercher un approvisionnement médical et, pour finir, j'ai tenté de te louer un vélo. Et oublié mon colis.

Il avait cru que cela ferait naître un sourire sur ses lèvres, mais elle enroula les bras autour de son corps, comme si elle avait froid. Il eut envie de la prendre dans les siens… Non, c'était insensé, et de toute façon, elle était de passage, elle repartirait bientôt en Angleterre.

Il reprit sa respiration.

— Écoute, je n'aurais jamais dû te parler sur ce ton. J'imagine que j'étais inquiet car tu es mon invitée et que je me sens responsable de toi.

— Pourtant, tu ne l'es pas. On se connaît à peine.

Touché ! Le problème était qu'il voulait faire plus ample connaissance avec elle. En fait, il ne voulait pas qu'elle parte.

— Je suis venu te dire que je suis désolé pour la scène que j'ai faite, pour le ton que j'ai pris.

Il fit un pas vers elle.

— S'il te plaît, j'aimerais que tu restes.

Il sentit son cœur se serrer.

— Moi non plus, poursuivit-il, je ne suis pas un habitué des nuits sans lendemain, mais ce soir-là, au Green Door, je n'arrivais pas à me détacher de toi.

Un lourd silence s'abattit entre eux. Un silence qui anéantissait tous les autres bruits. Il voyait le pouls de Jemima battre à la naissance de son cou.

— Et moi, je n'avais pas envie que tu partes, souffla-t-elle.

— Et maintenant, tu veux que je m'en aille ? demanda-t-il d'une voix rauque.

Il retint sa respiration… Et subitement, Jemima plaqua les mains sur son torse.

— Non.

Son cœur battait comme un fou là où elle avait posé sa paume, des frissons de plaisir dansaient sur sa peau. Il sentit son pouls s'emballer quand elle se mit à lui caresser lentement le visage, conscient de la puissance de son désir. Un désir qui se reflétait dans ses yeux d'un liquide argenté.

C'était de la folie pure, pensa-t-il, en entendant une alarme se déclencher aux confins de son cerveau. N'allait-il pas compliquer la situation plus qu'il ne le voulait ? Néanmoins, il était littéralement envoûté.

Et tout à coup, elle lui enserra le visage et captura sa bouche. Enfouissant la main dans ses cheveux, il comprit qu'elle seule était en mesure d'étancher sa soif. Haletant, ils se pressèrent l'un contre l'autre… Ce fut alors que, quelque part sur le bateau, ils entendirent des éclats de voix. Immédiatement, il la vit perdre confiance, et s'immobilisa, paralysé, attendant qu'elle donne le *la* pour continuer...

Il la désirait de toutes ses forces mais, si elle l'exigeait, il s'en irait... Une seconde passa, puis une autre et, bientôt, l'agrippant par les épaules, elle enfonça les doigts dans ses muscles et l'embrassa avec fièvre, avec passion. Aveuglément.

Les murs tournoyèrent autour de lui quand elle tenta de l'attirer dans la chambre.

— Une seconde, dit-il contre sa bouche.

Fébrilement, il entra et ferma la porte à clé.

— Cela fait des jours que j'attends ce moment, que je pense à toi, murmura-t-il.

Il se raidit quand elle glissa la main vers son érection si visible sous son short... Il devait reprendre les commandes sous peine de perdre bien trop rapidement le contrôle de lui-même.

La prenant sans plus attendre dans ses bras, il la porta jusqu'au lit avant de s'allonger sur elle. Ivre de désir, il recouvrit de ses mains fébriles sa poitrine, puis l'embrassa avec lenteur, conscient de l'excitation de Jemima.

— J'ai envie de toi, murmura-t-il.

À ces mots, un éclat univoque traversa ses prunelles dilatées, et une douce rougeur se diffusa sur ses joues...

— Prends-moi, dit-elle d'une voix brûlante qui accéléra la course de son sang dans ses veines.

Alors il ôta son haut, elle déboutonna sa tunique... Immédiatement il se pencha pour prendre dans sa bouche un de ses seins durcis, avant de se concentrer sur l'autre pointe.

— Chase...

Il regarda sa bouche gonflée par ses baisers. Elle était si belle. Elle était à lui. Il allait la savourer jusqu'à plus soif !

Chacun retira précipitamment ce qui lui restait de vêtements et, quelques secondes plus tard, il enfouissait la tête dans son entrejambe... Elle se cambra, des gémissements lui échappèrent, puis elle l'empoigna par les cheveux, aux prises avec les frissons du plaisir que lui procurait sa langue.

Soudain, elle hurla son nom tout en ondoyant encore et encore...

Quand il se redressa pour capturer sa bouche, elle le guida sans transition en elle. Ce fut alors qu'une pensée réflexe perça le brouillard du cerveau de Chase.

— Je n'ai pas de préservatif. Ils sont dans ma cabine. Je vais aller les...

Elle secoua la tête, l'attirant plus étroitement contre elle. Ils étaient allés trop loin pour s'arrêter maintenant. Alors, au lieu de la pénétrer, il se mit à aller et venir *sur* elle, de façon de plus en plus vigoureuse, jusqu'à ce que la jouissance balaye tout son être... Après quoi, il demeura immobile, écoutant le clapotis contre le bateau, les battements rapides de son cœur... Son souffle chaud lui caressait les joues, son corps satisfait semblait remuer au rythme des vagues... Au bout de longues minutes, il roula sur le côté, conscient de l'humidité collante sur sa peau et la sienne.

— Désolée, finit-elle par dire.

— De quoi ?

Et il repensa au moment où elle l'avait guidé en elle sans préservatif.

— Tu le sais bien... Je ne sais pas ce qui m'a pris.

— Toi comme moi n'étions plus en mesure de penser, voilà tout. Et au début, on n'imaginait pas qu'on allait finir au lit.

Elle se mordit la lèvre.

— Sans doute, mais cela n'aurait pas dû arriver. Même si je ne regrette rien.

Devant son air à la fois ingénu et confus, il se mit à rire.

— Moi non plus.

Tout s'était passé si vite qu'il n'avait pas réfléchi un seul instant, mû par une fièvre insensée. Il y avait des années qu'il n'avait pas perdu le contrôle au point de ne pas avoir le temps de mettre un préservatif. Mais Jemima lui avait quasiment fait perdre la tête.

Malgré tout, il n'avait aucun remords.

D'ailleurs...

Il parcourut ses courbes d'un air encore affamé. *Comment ?* Il n'était toujours pas rassasié ? Cela n'avait aucun sens ! Cette femme ne lui apportait qu'une satisfaction passagère et affolait à chaque fois davantage son désir.

Il considéra ses adorables seins, qui jouaient à cache-cache avec ses cheveux. La prochaine fois, il s'assurerait d'avoir des préservatifs sur lui.

La prochaine fois ?

Un nœud lui serra alors la gorge... Désarçonné, il déposa un baiser sur l'épaule de Jemima, puis s'assit sur le rebord du lit.

— Tu n'as pas faim ? Pour ma part, je suis affreusement affamé.

Faim ?

Jemima regarda Chase d'un air abasourdi. Elle se remettait à peine des plaisirs indicibles qu'il lui avait procurés, tout comme de la constatation qu'ils étaient passés d'une nuit sans lendemain à... elle ne savait comment cela s'appelait quand on couchait ensemble deux fois ! Bref, toujours était-il que lui, tout ce qui le préoccupait, c'était la nourriture.

— Euh...

Franchement, elle n'avait pas le moindre appétit, mais il était déjà en train de se rhabiller.

— Tu vas voir, Gianluca et son personnel sont de vrais

cordons-bleus. Ils pourront te préparer le plat dont tu rêves. Pour ma part, ce sera un steak frites.

La tête lui tournait. Avec ses anciens petits amis, il y avait toujours eu un préambule : ils étaient allés au restaurant, au cinéma plusieurs fois avant de se retrouver dans un même lit. Avec Chase au contraire, le sexe aurait dû représenter la conclusion d'une rencontre fugitive. Or, celle-ci ne se déroulait pas vraiment comme prévu. Encore une fois, elle avait l'impression de toujours tout gâcher avec les hommes. En l'occurrence, elle se retrouvait dans une sorte de *no man's land* – à ceci près qu'il y avait un homme avec elle, encore torse nu.

— Je vais prévenir le personnel qu'on sera deux.

— Non, ce n'est pas une bonne idée.

Assise à présent sur le rebord du lit, elle le scruta en silence, essayant de voir clair en elle, tout comme de lire dans les yeux de Chase qui reflétaient une certaine ambiguïté...

— Donc, tu ne veux pas de steak frites ?

Soudain, la cabine lui parut rétrécir et elle eut la sensation d'étouffer : c'était pour cette raison précise que la première fois elle avait filé en douce ! Pour éviter toute interaction avec lui après leurs sublimes étreintes, redoutant autant les réactions de Chase que les siennes.

— Je ne parlais pas du steak frites ! Mais de toi et moi. Écoute, ce n'est pas parce qu'on a couché ensemble...

— Pour la deuxième fois, précisa-t-il d'un ton tranquille.

Elle ferma les poings.

— Ce n'est pas parce qu'on a couché ensemble que j'ai envie de dîner avec toi.

— C'est pourtant ce qu'on a fait hier.

— Ce n'était pas prévu, c'était différent.

— Parce que cette fois, c'était planifié ? demanda-t-il en lui jetant un regard impassible.

— Non.

Elle cligna les paupières. Ce n'était pas programmé non plus, et ça s'était pourtant révélé inévitable, inéluctable, nécessaire... Brusquement, une immense fatigue s'abattit sur ses épaules.

— Écoute, je n'ai pas envie de parler de ça, ajouta-t-elle.

— Oh ! c'est vrai, j'avais oublié ! Pas de questions, pas de conversation.

Il affichait un air imperturbable, mais elle entendait de l'irritation dans sa voix.

— Nous sommes sur un bateau *en pleine mer*, aussi, t'éclipser comme la dernière fois va être un peu plus délicat, tu ne crois pas, Jemima ?

— Pas autant que tu le crois ! rétorqua-t-elle d'une voix qui était tout sauf stoïque.

Et sur ces mots, elle assembla le reste de ses habits pour aller s'enfermer dans la salle de bains.

Évidemment, ce n'était pas la solution, conclut-elle un moment plus tard. Elle ne pouvait pas rester éternellement dans cette pièce.

Dans quel pétrin s'était-elle mise ? pensa-t-elle en boutonnant sa blouse. Pourquoi avait-elle accepté de venir dans sa villa, sur cette île, de faire de la plongée avec lui ? Elle avait franchi les limites qu'elle s'était elle-même fixées ! Ce qui était stupide et faible de sa part, comme elle l'était toujours avec les hommes, Nick étant le dernier exemple en date : il n'avait pas hésité une seconde à l'humilier à la première occasion.

Soudain, elle se sentit proche des larmes : le but de son voyage aux Bermudes n'était-il pas précisément de changer ses habitudes ? D'être différente ? Tout avait pourtant bien commencé avec Chase. Or, voilà qu'elle répétait ses erreurs en se laissant emporter par des courants qui la dépassaient, comme les deux plongeurs dont il lui avait parlé... Elle revit le visage de son père, sa peau rouge et fripée, ses joues recouvertes d'une barbe grise... Un jour, elle devrait affronter ses démons !

Mais pour l'instant, il lui fallait sortir de cette fichue salle de bains ! Aucun bruit ne provenant de l'autre pièce, elle ouvrit prudemment la porte. La chambre était vide ; elle en ressentit un grand soulagement... mêlé à une certaine déception. Brusquement, il lui sembla que son cœur était compressé par une énorme main, et cette situation irrationnelle et hypocrite lui donna envie de hurler.

Elle était franchement en train de perdre la tête ! Elle devait sortir du bateau et s'éloigner de Chase Farrar le plus vite possible. S'emparant de son sac, elle ouvrit brusquement la porte... et se figea.

Il était assis par terre, en face de la cabine.

Cette découverte la choqua... et l'apaisa à la fois : son corps se fit soudain tout léger tandis que ses pensées tourbillonnaient de façon ingérable. Chassez le naturel, il revient au galop !

— Qu'est-ce que tu fais là ?

— Je t'attends.

Il se leva, entra dans la cabine qu'il inspecta rapidement et ajouta :

— En fait, je commençais à m'inquiéter, mais je vois que c'était inutile, puisque tu n'as laissé aucun mot, cette fois-ci.

Il se retourna, leurs regards s'enchaînèrent, et le cœur de Jem se mit à cogner violemment dans sa poitrine.

— Pourquoi reparles-tu de ça ?

— Parce que c'est ta façon de procéder, non ?

— Et maintenant, tu comprends pourquoi, n'est-ce pas ? rétorqua-t-elle. Parce que c'est bien plus facile que de discuter avec toi.

— Ah, désormais, tu veux discuter ? Parce que tout à l'heure tu préférais bouder dans la salle de bains.

Vingt minutes plus tôt, c'était la tempête de la passion qui avait emporté leurs corps ; en l'occurrence, l'ouragan qui venait de se lever entre eux était d'un tout autre ordre.

— Je ne boudais pas, j'étais... chamboulée.

Il serra les mâchoires.

— Ah bon, parce qu'on venait de faire l'amour une deuxième fois et que je t'ai déçue ?

— Mais non, enfin ! C'est juste que... Avec toi, je ne sais pas pourquoi mais... je pensais que ce serait différent.

Que je serais différente, aurait-elle dû dire.

Chase fronça les sourcils, ses yeux toujours rivés aux siens.

— Différent en quoi ?

Se sentant piégée, elle détourna la tête, la gorge nouée.

— Différent en quoi ? répéta-t-il.

Il se tenait trop près d'elle, tout son corps musclé exsudait le pouvoir et l'autorité, et curieusement une forme d'inquiétude semblait aussi en émaner.

— C'est compliqué, dit-elle.

Hélas, il attendait visiblement d'autres explications !

— Si j'ai écrit un mot la première fois, c'est parce que je ne sais pas comment on gère une nuit sans lendemain. Je t'ai menti en prétendant que les relations stables, ce n'était pas mon truc.

Il plissa les yeux.

— Tu as donc un petit ami ?

— Non... Je n'en ai plus. Mais j'en avais un. Il s'appelait Nick. Il m'a trompée, trahie. C'est pour cette raison que je suis venue aux Bermudes. Mon frère et ma sœur ont estimé que j'avais besoin de vacances. De changer complètement de décor. De faire des expériences différentes. De me détacher les cheveux. Bref, ils ont été si convaincants que j'ai accepté, parce que...

— Ce sont de véritables forces de la nature, finit-il.

— Exactement. Et puis je t'ai rencontré...

Son cœur manqua un battement quand elle le revit sortir de derrière le comptoir, au Cycle Shack.

— Et j'ai tout de suite eu envie de toi. Tu m'as transformée en une femme insouciante, impulsive, passionnée, et je t'ai laissé croire que telle était ma personnalité.

Il n'émit aucun commentaire, se contentant de la regarder fixement : de toute évidence, il attendait la suite !

— Au clair de lune, tout m'a paru facile, mais le lendemain matin, au réveil, j'étais complètement paniquée... Comme je te l'ai dit, c'était une situation inédite pour moi. Et une nuit si parfaite. Je ne voulais pas tout gâcher, aussi j'ai préféré partir, pensant qu'on ne se reverrait plus jamais.

Elle le vit déglutir avec difficulté.

— Mais voilà, on s'est revus, poursuivit-elle. Et il était trop tard, pour moi, pour t'avouer que c'était ma première nuit sans lendemain. Et surtout que j'avais encore envie de toi. Ce constat m'a contrariée, mais on dirait que c'est plus fort que moi.

Là-dessus, elle se tut, puis baissa la tête, le souffle court. Jamais elle n'avait fait un tel aveu à un homme.

— Il se trouve que je ressens la même chose, dit-il d'une voix rauque. Aussi, pourquoi fuirions-nous ?

Le cœur battant, elle plongea les yeux dans ceux si verts de Chase, aux prises avec un violent désir. Ce fut alors que, sans prévenir, il lui ôta l'élastique qui retenait ses cheveux : elle se figea, incapable de bouger, fascinée, impuissante...

— L'autre jour, ils étaient détachés.

Une fois sa chevelure retombée sur ses épaules, il l'empoigna doucement et s'en servit pour l'attirer vers lui.

— Tu avais l'intention de t'amuser, de faire de la plongée, poursuivit-il. Je comprends que ce soit nouveau pour toi, mais il n'y a aucune raison pour que tu arrêtes. Pourquoi ne resterais-tu pas avec moi, sur le *Miranda* ? Jusqu'à ce que le bungalow soit habitable ? À part un rapide aller-retour à New York, je serai tout à toi.

Ce n'étaient que des paroles, pensa-t-elle, et pourtant, elles produisirent un fol effet sur son corps.

— Je peux t'aider à être celle que tu rêvais d'être à ton arrivée aux Bermudes.

Quelques instants auparavant, elle voulait qu'il parte, et maintenant, sa proposition la tentait terriblement. Mais était-elle raisonnable ? Tout bien considéré, que risquait-elle ? Leur temps ensemble était compté et prendrait fin avec son départ. Ce n'était pas comme si Chase venait de la demander en mariage ! Pourquoi ne s'accorderait-elle pas un peu de bon temps avec lui ? Peut-être qu'une fois revenue en Angleterre, elle serait moins tentée de retomber dans ses vieilles habitudes.

— Tu en as envie ? demanda-t-elle.

Elle connaissait la réponse, mais elle avait besoin de l'entendre de sa bouche, pas simplement de la lire dans ses prunelles enflammées.

— Oui !

Et là-dessus, il lui prit son bagage des mains et le posa par terre. Elle ne répondit rien, se contentant de l'observer, le cœur battant la chamade. Puis elle le contourna, allant refermer la porte derrière eux.

Elle fit alors volte-face.

Il traversa la pièce en deux enjambées et, quelques secondes plus tard, captura ses lèvres avec ardeur ; puis, les mains plaquées sur ses hanches, il l'entraîna vers le lit…

7

Le visage pressé contre le hublot du submersible, Jemima ne trouvait pas les mots pour décrire ce que lui inspirait non seulement la beauté de la vie sous-marine, mais aussi la palette chromatique de l'eau : d'abord chamarrée par les rayons du soleil, elle était passée d'un bleu curaçao à un bleu nuit.

— Alors, que penses-tu de mon engin ?

La voix de Chase la fit sursauter.

— C'est vraiment épatant, dit-elle, prudente.

Il se mit à rire.

— Je sais, c'est un jouet, mais il a un objectif précis : découvrir des sites encore plus profonds sans qu'il soit nécessaire d'envoyer des plongeurs. Même si, pour être honnête, on n'utiliserait sans doute pas le submersible si on n'avait pas déjà repéré une épave intéressante.

— Mais comment saurais-tu qu'elle est intéressante si tu n'y as pas déjà jeté un coup d'œil ?

Elle se tourna vers lui, et se surprit encore une fois en train de graver ses magnifiques traits dans sa mémoire. Depuis qu'elle avait accepté cette liaison, c'était son activité préférée. Car, même si elle avait l'impression qu'il s'agissait d'une relation – ils prenaient leurs petits déjeuners ensemble, ils passaient de longs après-midi au lit, un halo de désir intense semblant les entourer en permanence et les attirer l'un vers l'autre –, tout cela était éphémère. Et ne les menait nulle part.

C'était une amourette de vacances, se rappela-t-elle en regardant passer un banc de tarpons de l'Atlantique. Avec lui, elle plongeait au propre comme au figuré dans un autre univers. Et le choc était des plus bénéfiques. En outre, elle tenait ses promesses envers Holly et Ed : elle s'amusait ! Seulement, en bonne élève appliquée, elle avait effectué des recherches sur les « règles » d'une amourette de vacances, et avait été rassurée en s'apercevant que, en bonne partie, elle les suivait.

Elle savait pourquoi elle était en quête d'une aventure. Chase et elle étaient sur la même longueur d'onde, et leur histoire s'arrêterait d'elle-même, en raison du contexte. Les limites existaient déjà. Et puis, ils utilisaient toujours des préservatifs, même si, la première fois sur le *Miranda*, elle avait failli se donner à lui sans protection. Mais désormais, elle était toujours très attentive, et lui aussi, donc il n'y avait pas grand-chose à craindre. Du moins de ce côté-là, car il y avait toujours les aléas et le hasard contre lesquels rien ne protégeait.

Comme devoir accepter la quasi-improbabilité de retrouver un partenaire qui lui donnerait autant de plaisir que Chase. Un homme qui prenait aussi volontiers les initiatives qu'il acceptait celles de sa partenaire, qui savait attendre, qui assouvissait sa faim à elle tout en satisfaisant la sienne.

Jamais encore elle n'avait connu un tel enchantement entre les draps ! En une seconde, il savait attiser son désir. D'ailleurs, elle sentit son corps s'enflammer lorsque lui revinrent en mémoire les dernières caresses de ses mains expertes…

Tout à coup, elle comprit qu'il attendait une réponse de sa part.

— Désolée, je n'ai pas entendu.

— Je disais juste que nous avions d'autres moyens de descendre avant d'emprunter le submersible.

— De quel type ?

— Cela dépend de la profondeur de l'eau. Parfois, on détache un véhicule téléguidé, parfois on ajoute un bras manipulateur, ou bien des caméras intégrées… La liste est très longue, mais cela signifie que nous pouvons mener de nombreuses explorations avec le minimum de conséquences sur la vie sous-marine.

À cet instant, elle se rappela leur vive discussion dans la cuisine : elle lui semblait remonter à une éternité…, mais datait en fait de quelques jours ! s'aperçut-elle, sidérée. Il fallait croire qu'aux Bermudes, le temps s'écoulait différemment. À moins que ce ne soit la compagnie de Chase qui en changeait le rythme…

Il avait chamboulé sa vie, alors pourquoi pas sa notion du temps ?

— Comment en es-tu arrivé à chasser des trésors ? questionna-t-elle pour mettre un terme à ses pensées dérangeantes.

— Comme je te l'ai dit, j'ai grandi près d'un lac qui faisait la taille d'un océan. J'ai passé beaucoup de temps à naviguer, à plonger. Et puis un jour, je suis tombé sur une épave, et cela a enflammé mon imagination. Elle est très inflammable, tu sais, ajouta-t-il d'un ton appuyé, le regard braqué sur elle.

Elle sentit sa gorge devenir toute sèche.

— C'est vrai qu'ici, c'est un autre monde. Qui attise la créativité.

Il lui sourit.

— Belle tentative de diversion ! Mais tu as raison, ici, on rencontre de nombreux défis qui n'existent pas sur terre, et il faut même inventer des objets pour les relever… Oh ! regarde !

Et il attira son attention sur une colonie de coraux orange vif au-dessus de laquelle ils flottaient. Elle en frissonna d'excitation. Il devait exister plus d'une quarantaine de coraux différents, dans ces profondeurs.

Elle se pencha en avant pour mieux voir l'épave qui reposait sur le fond marin, pareille à un énorme animal endormi. Il s'agissait du *San Amunia*, un galion espagnol qui avait fait naufrage lors d'un ouragan au large des Bermudes, en 1654. Il avait déjà été pillé par des équipes non autorisées et des chasseurs de trésors amateurs, mais désormais il représentait un habitat qui abritait des centaines d'espèces différentes.

Se redressant, elle toucha la paroi du submersible. Au départ, elle avait été un peu réfractaire à son utilisation, rien ne pouvant selon elle remplacer l'immédiateté de la plongée. Et pourtant, elle devait bien admettre que l'expérience, bien que différente, n'en était pas moins formidable. Elle pouvait en effet observer l'interaction entre les différentes espèces, sans que son champ de vision soit limité par la taille d'un masque.

— C'est incroyable, dit-elle cette fois. Merci de m'avoir emmenée ici.

— Je suis ravi que cela te plaise. Je l'ai acquis il y a juste un mois, et je n'ai pas encore eu le temps de vraiment m'en servir, je...

Soudain, une ombre recouvrit la bulle de verre et tous deux levèrent les yeux : une raie aigle avançait tranquillement dans l'eau, au-dessus de leurs têtes, aussi majestueuse que l'oiseau dont elle portait en partie le nom.

— On dirait qu'elle vole, dit-elle.

— Oui, elle sait aussi voler, comme la plupart des raies, il me semble. J'en ai déjà vu à presque deux mètres au-dessus de l'eau. C'était difficile à croire. Vraiment surprenant...

Et tout à coup, il parut se reprendre et ajouta presque abruptement :

— Il y a des vidéos sur Internet, si ça t'intéresse.

Pourquoi était-il repassé si vite en mode impersonnel ? se questionna-t-elle. Manque de chance, elle recourait aux mêmes techniques quand une conversation commençait à la déranger. Qu'avait-il à cacher à propos des raies aigles ?

Elle s'éclaircit la voix.

— Pourquoi sautent-elles en l'air ?

— Pour s'amuser, dit-il avec un sourire. Ou simplement pour se débarrasser de parasites dans leurs branchies.

— Un peu comme les poulets lorsqu'ils prennent un bain de boue.

Cette fois, il se mit à rire gentiment et le son de son rire, qui se réverbéra avec douceur dans tout son être, la désarma.

— Je ne connais pas vraiment les us et coutumes des poulets, renchérit-il, mais c'est possible. J'ai aussi entendu une théorie selon laquelle ce serait une façon pour les mâles d'attirer des partenaires, lors de la saison des amours.

Elle perçut l'inflexion dans sa voix, et sa propre température intérieure lui parut monter en flèche. Chase n'avait rien de particulier à faire pour qu'on le remarque : sa beauté était de nature à éblouir toute femme qui posait les yeux sur lui.

À l'extérieur, la raie avait disparu, et elle se pencha pour tenter d'en apercevoir une autre.

— Elle reviendra, prédit-il. Cette épave est un vrai buffet à volonté. Tu veux aller voir de plus près ?

— Volontiers.

— Alors prends les commandes, dit-il.

Elle considéra avec méfiance le tableau de bord high-tech.

— Moi ?

— Oui, toi ! À moins que nous ayons embarqué un passager clandestin.

Elle se mit à rire.

— Bon, OK. Mais tu me fais confiance ?

— Je pourrais te poser la même question, rétorqua-t-il avant de plonger son regard dans le sien : M'accompagner dans un submersible suppose un haut degré de confiance en moi.

Euh... En était-elle aussi sûre que lui ? Elle repensa à toutes les mesures de sécurité qu'il avait prises avant leur départ. Et elle comprit soudain, troublée, qu'elle était certaine que jamais il ne la mettrait en danger, ce qui était une première pour elle, avec un partenaire. Mais sans doute cela tenait-il à la nature de leur relation : physique et limitée dans le temps.

— Oui, j'ai confiance en toi, répondit-elle d'un ton affirmé.

Tout à coup, il braqua sur elle un regard d'une rare intensité qui la mit presque mal à l'aise.

— C'est simple. Prends le joystick. Il peut aller dans toutes les directions : le bas, le haut, à droite, à gauche.

Elle obtempéra. La manette en cuir était encore chaude de l'empreinte de ses doigts, ce qui la déconcentra... Le submersible fit une embardée vers l'avant : aussitôt, il posa sa main sur la sienne.

— Tout va bien se passer, promit-il. Voilà, détends-toi. C'est bien, continue.

— Et comment on s'arrête ?

Elle sentit les doigts de Chase exercer une légère pression sur les siens : l'engin s'immobilisa.

— Tu vois, c'est facile, dit-il. Mais c'est une question qui ne me serait pas venue à l'idée, car, quand je suis avec toi, je n'ai jamais envie de m'arrêter.

Un mélange de panique et de désir lui picota les reins. Sur une impulsion, elle l'embrassa à pleine bouche. Un vertige la saisit, la tête se mit à lui tourner… Et subitement, elle se rendit compte que ce n'était pas elle, mais le submersible qui tournoyait.

— *Chase !*

Chase s'éloigna vivement d'elle, déplaça doucement le joystick et l'engin s'immobilisa.

— Je crois que l'on s'est éloignés du protocole, dit-elle en se mordant la lèvre.

— En effet, je suis à peu près certain qu'embrasser son copilote n'y figure pas.

— Peut-être est-il temps de remonter au bateau ? suggéra-t-elle en lui effleurant l'entrejambe.

Il sentit les battements de son cœur s'accélérer.

— En effet, l'heure a largement sonné, répondit-il d'une voix rauque.

Ils eurent le temps de regagner la cabine, mais pas celui de se déshabiller… Leurs étreintes furent torrides, déchaînées, du sexe à l'état pur.

Il était logique qu'ils soient à ce point assoiffés l'un de l'autre, pensa Chase en la regardant dormir. Leur temps était en effet compté : dès que le bungalow serait de nouveau habitable, leur idylle prendrait fin. Et Jemima aussi le savait. Depuis qu'elle avait évoqué son ex, les lignes avaient un peu bougé entre eux, mais il se rendait également compte qu'il y avait une éternité qu'il n'avait pas désiré une femme avec une telle force.

Sinon, pourquoi en serait-il venu à lui parler de ces plongeurs ? Leur effroi quand ils avaient surgi de l'eau lui avait terriblement rappelé Frida et celui qu'il avait ressenti en comprenant qu'elle était partie pour toujours et qu'il était à jamais seul...

Quand il s'était retrouvé avec Jemima dans le submersible, des centaines de mètres au-dessous de la surface de la terre, il s'était senti si proche d'elle et si loin du monde qu'il avait failli lui avouer toute la vérité. Par chance, il s'était ressaisi à temps !

Si, de son côté, elle avait eu besoin de se confier à lui parce qu'elle était bouleversée, il n'avait nulle obligation de lui rendre la pareille.

Ils passèrent le reste de la journée à se relaxer, ou plus exactement Jem resta lovée dans un transat au soleil tandis que Chase se joignit aux membres de l'équipage pour sauter par-dessus les vagues en jet-ski. Tout en admirant les saltos arrière et autres tonneaux qu'il réalisait, elle se demanda où il puisait toute son énergie. Il semblait d'une résistance à toute épreuve.

À présent, elle le scrutait alors qu'il était de dos, assis sur son jet-ski : ses cheveux étaient apparemment mêlés de sel, sa peau dorée brillait sous l'éclat du soleil et les gouttes glissaient sur son torse. Elle comprit qu'elle le désirait de nouveau. Et comme s'il lisait dans ses pensées, il se retourna et plongea ses yeux dans les siens. Son regard était si pénétrant qu'elle sentit un léger tiraillement entre ses cuisses, où elle imaginait aisément ses mains...

Bientôt, il revint vers le *Miranda*, et le rythme du pouls de Jem s'accéléra. Dans quelques instants, elle n'aurait plus besoin de recourir à son imagination. C'était l'avantage de leur arrangement.

Et l'inconvénient ?

Elle se mordit la lèvre, s'interdisant s'y penser maintenant.

Elle vivait dans le présent, savourait chaque minute passée en sa compagnie. Et ils étaient nombreux, conclut-elle en le voyant s'avancer sur le pont où elle paressait.

— J'ai pensé que l'on pourrait descendre encore plus bas, demain.

À ces mots, Jemima fronça les sourcils.

— Je croyais que le submersible ne pouvait pas aller à plus de deux cents mètres de profondeur.

Ils étaient allongés sur le lit, leurs corps encore enchevêtrés l'un à l'autre. Après son tour de jet-ski, il avait pris une douche où elle l'avait rejoint ; ils avaient terminé entre les draps, et encore une fois, elle avait hurlé son nom, ondoyé sous sa bouche, perdu la notion de l'espace, du temps et était restée ahurie par l'incroyable orgasme qu'il lui avait procuré.

— Donc tu m'écoutais, tout à l'heure ! déclara-t-il en riant. Tu as raison, en effet ; seulement, l'*Eurybia* peut descendre encore trois cents mètres plus bas.

Cinq cents mètres ! C'était profond et, rien que d'y penser, il lui sembla manquer d'air. Mais il était vrai qu'elle était toujours haletante après leurs dernières étreintes. Elle se recroquevilla encore plus près de lui, de son corps si fascinant, de l'impression de puissance qu'il lui prodiguait : car, dans ses bras, elle se sentait incroyablement libre. Tout comme en sécurité, ajouta-t-elle tandis que son cœur manqua un battement. Une sensation que ne lui avait inspirée aucun de ses anciens partenaires, bien au contraire. Elle avait toujours eu le sentiment d'être sur la brèche, dans l'attente que le ciel lui tombe sur la tête. Même si, en réalité, tout se délitait toujours peu à peu sans véritable drame, lui laissant juste au cœur une affreuse solitude.

Soudain, elle se rappela les deux plongeurs égarés dont

Chase lui avait parlé, les imaginant dans une immense étendue de bleu... Malgré elle, elle en frissonna.

— Que se passe-t-il ? demanda Chase en la serrant plus étroitement contre lui.

— Rien.

Il haussa un sourcil.

— Où étais-tu partie, Jemima ? Tu n'étais plus avec moi.

Elle considéra son beau visage, la perfection de son ossature et la douceur de sa peau.

— Je pensais juste aux plongeurs dont tu m'as parlé. Comme ils ont eu de la chance que vous veniez à leur secours !

Un curieux éclat passa dans son regard.

— Ils étaient surtout prétentieux et imprudents, oui ! Ils pensaient être différents. Croyant que les accidents n'arrivaient qu'aux autres. Mais nul n'en est à l'abri si les mauvaises conditions sont réunies.

Comme l'alcoolisme associé à une pneumonie et une soudaine chute des températures... Subitement elle n'était plus sur un super yacht au cœur des Bermudes, mais dans une rue de Londres par un jour pluvieux, près de Piccadilly Circus, là où les lumières ne s'éteignaient jamais, et où l'on avait l'impression de vivre dans un rêve. À ceci près que c'était réel, et que la réalité vous rattrapait parfois.

Son cœur se serra. Son père était un alcoolique invétéré. Il en oubliait de se nourrir. Il se blessait souvent en faisant de mauvaises chutes.

Et pourtant sa mort aurait été évitable.

— Tu ne crois pas ?

— Si, tu as raison, répondit-elle avec lenteur. Les drames peuvent arriver à tous, n'importe où.

Surtout si on ne fournissait pas le moindre effort pour les empêcher de survenir.

Levant les yeux vers Chase, elle s'aperçut qu'il la scrutait attentivement, comme s'il tentait de lire dans ses pensées. Sur une impulsion, elle voulut se confier à lui, lui révéler tous les secrets qui la tourmentaient… Mais ce n'était pas juste une mauvaise idée, ça aurait été la pire des initiatives !

Il existait entre eux une sorte de barrière électrique qui se mettait à bourdonner chaque fois qu'ils abordaient des sujets trop personnels. Si elle avait bien évoqué ses ex, il aurait été cependant déplacé de lui avouer qu'elle avait abandonné son alcoolique de père. C'était bien trop personnel pour une amourette de vacances.

— C'est près d'ici que tu les as retrouvés ?

À ces mots, il se tendit, puis porta sur elle un regard vide, avant de secouer la tête.

— Ne t'inquiète pas, Jemima, une bonne partie de l'équipage est de la région et sait parfaitement où se trouvent les courants dangereux.

À son ton, elle comprit qu'il estimait le débat clos : le sujet semblait le déranger.

— Pourquoi ne veux-tu pas me dire l'endroit exact ?

Il hésita.

— Je croyais que tu avais confiance en moi, renchérit-il.

— C'est vrai, mais…

— Alors fais-moi confiance quand je te dis que nous ne plongerons pas près de ce site.

Fais-moi confiance…

Combien de fois avait-elle entendu cette phrase ? Et à chaque fois, on lui avait menti. Toutefois, avec Chase, elle vivait une aventure qui ne prêtait pas à conséquence : n'était-elle pas censée avoir laissé l'ancienne version d'elle-même en Angleterre ?

Derrière lui, par le hublot, l'océan ondulait sous les rayons du soleil. Tout paraissait si calme et accueillant… Mais parfois les courants vous entraînaient vers des eaux dangereuses.

— Tout de même, cela a dû être affreux de tomber là-dessus.

— Sur quoi ? demanda-t-il d'un ton méfiant, tout en se raidissant.

— Sur ces plongeurs égarés, répondit-elle, même s'il savait parfaitement de quoi elle parlait. Je n'arrête pas de repenser à cette histoire et pourtant, je n'y étais pas…

À cet instant, il roula sur lui-même, l'entraînant dans son geste, et la jucha sur lui en un clin d'œil.

— J'étais juste heureux de pouvoir les secourir, souffla-t-il contre ses lèvres en laissant les mains courir sur ses fesses…

Bientôt, elle perdrait la faculté de penser, et a fortiori de s'exprimer : c'était une technique qu'il utilisait souvent pour botter en touche. Pourquoi refusait-il donc de parler de ces plongeurs ?

— Quand même, cela a dû être perturbant ! insista-t-elle.

— Pour eux, ça, c'est sûr ! répondit-il les prunelles sombres de désir, en prenant ses seins en coupe.

— Mais ce n'était pas ton bateau ? Ni tes plongeurs ?

Cette fois, il s'immobilisa.

— Non, ce n'étaient ni mon bateau ni mes plongeurs, répondit-il d'un ton dur. Pourquoi me poses-tu de telles questions ?

Elle lui jeta un coup d'œil. Il ne mentait pas, elle en était certaine, et pourtant il lui cachait quelque chose. C'était ce qui arrivait à ceux qui avaient vécu avec des personnes addicts : ils percevaient immédiatement les omissions dans un discours, les distorsions de la vérité, les demi-mensonges.

Elle se sentit soudain épuisée.

— Parce que tu me sembles si tendu quand on en parle. J'ai cru que…

— Si je suis tendu, c'est parce que tu cherches midi à quatorze heures !

Sur ces mots, il se redressa dans le lit, et elle contempla son dos : cette attitude aussi était typique des gens addicts. Blâmer l'autre pour mieux dissimuler ses mensonges.

— Non, c'est faux, je...

— Dans ce cas, réfléchis à la façon dont tu me harcèles depuis que je t'en ai parlé. Bon, maintenant, je vais à la salle de gym. Cela te laissera le temps de repenser à ta conversation sur l'oreiller.

— Pardon ?

— Tu sais, ces trucs qu'on se raconte au lit après l'amour !

— Merci, je sais ce que c'est !

— Apparemment non ! À moins que tu ne penses que ce genre de fadaises va m'exciter.

— Mais enfin, quel âge as-tu ? Quinze ans ? demanda-t-elle en enfilant son T-shirt, choquée par son changement d'humeur si soudain, avant de marmonner : Je me fiche que tu sois excité ou pas.

Son cœur cognait dans sa poitrine, ses mains étaient si crispées qu'elle aurait pu s'en briser les doigts. Il tourna vers elle son beau visage dont les traits semblaient à cet instant taillés dans de la pierre.

— Tant mieux pour toi ! Mais tu lances des accusations...

— Absolument pas ! J'essaye juste de te comprendre.

— Me comprendre ? Alors, de toute évidence, tu n'as pas saisi en quoi consiste notre arrangement, parce que je ne veux pas que tu me comprennes, et je suis certain que toi non plus. Soyons clairs : nous sommes ensemble pour le sexe, point à la ligne !

Un lourd silence s'abattit sur la cabine et, pendant quelques secondes, elle se contenta de le regarder fixement, son souffle lui brûlant la gorge, sa tête résonnant des paroles qu'il venait de prononcer. Elle était sonnée. C'était la première fois qu'il se comportait avec elle comme ses précédents petits amis et qu'elle se sentait, comme avec eux, dévalorisée et stupide. À une différence près : elle n'éprouvait aucune impression d'échec, juste de la colère.

— Oui, en effet, confirma-t-elle d'une voix dure en sortant du lit. En revanche, c'est toi qui n'as pas compris notre arrangement si tu ne sais pas qu'il repose aussi sur le respect.

Un nouveau silence s'ensuivit, ponctué par leur respiration saccadée. Jamais encore elle ne s'était adressée à quiconque sur ce ton. Troublée, elle se rassit sur le rebord du lit.

— Au Mexique, dit-il tout à coup.

— Pardon ? répondit-elle en sursautant.

Puis elle dirigea les yeux vers lui : il avait l'air de se préparer à l'impact d'une énorme vague qu'il n'avait pas vue venir.

— Tu m'as demandé où ces plongeurs s'étaient égarés, reprit-il d'une voix dénuée de toute colère – et de toute émotion, à vrai dire. Eh bien, c'était au large des côtes mexicaines.

Chase porta le regard sur Jemima, à l'autre bout de la pièce, et son cœur se serra.

— Pourquoi ne me l'as-tu pas dit ? demanda-t-elle, visiblement déconcertée.

Parce qu'en répondant à une question, il en avait déclenché une rafale d'autres auxquelles il était plus difficile de répondre. Et chacune serait plus pénible que la précédente.

— J'ai pensé que cela compliquerait les choses. Or, entre nous, tout doit rester léger, non ? répondit-il, comme essoufflé.

— Pourquoi cette précision compliquerait-elle quoi que ce soit ? demanda-t-elle de la même façon.

— Parce que j'y étais avec mes beaux-parents.

Les traits de Jemima se décomposèrent.

— Tu es marié ?

Il secoua la tête.

— Je ne le suis plus.

Les épaules de Jemima s'affaissèrent : la lourde signification de cette phrase ne lui avait pas échappé.

— Comment s'appelait-elle ?

— Frida... Et je ne t'en ai pas parlé car...

Sa tête fourmillait de mille raisons qui expliquaient son silence, mais il était incapable d'en énoncer une seule.

— Tu n'as pas besoin de te justifier, Chase. Nous ne sommes pas obligés de parler. On peut juste rester assis là, tous les deux, un petit moment.

Sa voix douce coupa court au tourbillon infernal de ses pensées, et il se sentit instantanément plus calme. Elle avait raison : rien ne l'obligeait à en discuter, et pourtant, il en avait envie.

— C'était leur unique enfant. Elle leur manque énormément, et c'est surtout difficile autour de l'anniversaire de sa...

Le mot resta coincé dans sa gorge.

— Quand est-ce... ? Quand est-elle... ?

— Il y a huit ans, dit-il.

Et son cœur l'élança. Il n'avait jamais parlé à personne de l'accident. Et c'était d'ailleurs la première fois qu'il prononçait le nom de Frida en dehors du cercle familial. Et ce fut comme s'il venait d'ouvrir la vanne d'un passé qu'il avait enterré avec sa femme.

— On s'était rencontrés à l'université. J'ai arrêté mes études avant d'obtenir mon diplôme, mais elle m'a quand même épousé. Pour notre voyage de noces, nous avions loué un yacht. Pas aussi grand que le *Miranda*, mais nous adorions tous les deux faire de la voile. C'est pendant ce voyage que nous avions vu les raies aigles.

Il hésita, toussota.

— Elle a eu son diplôme de droit, puis a été embauchée par une entreprise pendant que je continuais à jouer au matelot sur divers bateaux. Et puis mon père est mort, et j'ai dû m'occuper de sa société d'assurances. À ma grande surprise, le travail m'a plu. Mais comme je voulais faire les choses à ma façon, j'ai créé Monmouth Rock.

Il se rendit compte qu'il avait pris un ton bizarre, un peu comme si une machine s'exprimait à sa place.

— Nous avons ensuite essayé d'avoir un bébé. Nous l'avons perdu avant la première échographie. Nous étions bouleversés, bien sûr, mais nous avons recommencé et elle a de nouveau fait une fausse couche. Puis elle les a enchaînées... Après de nombreux tests, la gynécologue a abordé avec nous la possibilité d'une GPA, mais Frida était contre, elle voulait continuer d'essayer.

Et c'était ce qui avait été le plus dur.

— Entre-temps, mon entreprise avait pris une envergure internationale, je voyageais beaucoup, ce qui était difficile pour nous deux. Elle n'arrivait plus à dormir, elle s'en voulait pour les fausses couches alors que ce n'était absolument pas sa faute. Et puis un jour, elle m'a annoncé qu'elle n'en pouvait plus, qu'elle ne voulait plus essayer.

Ça avait été le moment le plus affreux de sa vie, du moins le croyait-il, vu le désespoir si tangible de Frida ! Pourtant, le pire n'était pas encore advenu.

— Nous avons donc cessé toute tentative pendant un an, elle a pris la pilule, s'est mise au yoga, à peindre, et nous avons décidé de recourir à une mère de substitution. Et puis un jour, elle a contracté un virus, elle a été malade pendant des jours, et cela a dû interférer avec son contraceptif, toujours est-il qu'elle s'est trouvée enceinte. Et cette fois, ça a tenu ! Elle était folle de joie. Moi aussi.

Il sentit son torse se contracter. La suite n'était pas facile à raconter, mais le visage calme et attentif de Jemima lui permit d'ajouter :

— Elle était enceinte de cinq mois quand elle a perdu le bébé... C'était une fille.

Et il éprouva quasiment le même choc qu'à l'époque. Un double choc en réalité, en se rendant compte qu'il était en train de livrer toute son intimité à Jemima.

— Je suis sincèrement désolée, Chase.

Sa voix était si douce qu'il aurait aimé s'envelopper dedans. Mais il ne méritait pas qu'on le console. Il ne méritait aucune empathie.

— J'ai pris quelques jours de congé, puis j'ai recommencé à m'occuper de Monmouth Rock, enchaîna-t-il en fronçant les sourcils. Je pensais que reprendre la routine nous permettrait de surmonter ce qui s'était passé. Mais ce ne fut pas le cas. Frida mangeait très peu, elle avait cessé de voir ses amies. Sa généraliste lui avait prescrit des antidépresseurs, mais ils la rendaient apathiques. Je comptais partir en vacances avec elle au nord de New York où nous possédions une maison, mais j'avais des choses à régler au travail qui prenaient plus de temps que prévu...

Il avait l'impression de tout revivre, chaque inspiration lui brûlait les poumons.

— J'étais encore au travail quand la police est venue me prévenir. Sa voiture avait fait une embardée et heurté un arbre de plein fouet. Elle est morte sur le coup.

Pendant quelques secondes, Jemima se creusa la tête pour trouver les mots susceptibles de l'arracher à sa douleur, puis décida finalement de l'enlacer.

— Je suis vraiment désolée, murmura-t-elle de nouveau en l'étreignant très fort. Si désolée qu'un tel drame te soit arrivé.

Elle l'entendit déglutir avec difficulté.

— Je ne suis pas le seul à avoir été affecté. Ses parents ne s'en sont jamais remis.

— Mais tu es là pour eux.

— Et tu crois que cela fait de moi un saint ? C'est le moins que je puisse faire ! Je n'ai pas été capable de sauver leur propre fille !

— C'était un accident, Chase. Tu n'y peux rien. Tu n'es pas responsable, tu n'étais même pas là !

— Justement ! Je n'étais pas assez présent. Il lui fallait du temps pour aller mieux. Or, moi, je ne supportais pas de la voir souffrir, j'aurais voulu qu'elle guérisse au plus vite.

— Et quoi de plus normal ?

Elle repensa alors à son père, à combien il était difficile de secourir ceux qui étaient perdus dans leurs propres ombres.

— Je n'en ai pas fait assez. C'était ma femme et je me suis contenté de regarder ce qui lui arrivait.

— Parce que cela t'arrivait à toi aussi.

— Non, tu ne comprends pas ce que je veux dire. Je n'ai pas vu ce qui était en train de se passer.

Il avait l'air si accablé qu'elle en retint des larmes.

— Quand ma société a commencé à devenir plus importante, je n'arrivais plus à dormir, aussi, j'ai pris des somnifères. Or, Frida s'est servie dans ma boîte, ce que j'ignorais jusqu'à l'autopsie.

Son cœur se serra devant la culpabilité qu'il entendait dans sa voix.

— Chase... Les gens cachent des choses à ceux qu'ils aiment, quand ils souffrent. Et parfois, cela les rend encore plus malheureux. Mais pour voir clair, comprendre ce qui se passe, il ne faut pas être soi-même en souffrance. En l'occurrence, tu l'étais toi aussi.

Il ne répondit pas, mais elle le sentit se détendre un peu dans ses bras.

— Je suis navré, finit-il par dire. Je n'aurais pas dû t'assommer avec toutes ces histoires.

— Tu avais besoin de parler, et j'étais là.

Il chercha son regard, puis lui caressa le visage.

— J'ai toujours eu l'impression que, si je me confiais à quelqu'un, cette personne croirait que je voulais l'impliquer dans ma vie, mais avec toi, c'est différent. Nous nous comprenons si bien l'un l'autre. Peut-être est-ce pour cela que je t'ai raconté tout ça. Parce que tu sais que cela ne change rien entre nous.

Ces paroles n'auraient pas dû la meurtrir, et pourtant, qu'elles étaient douloureuses à entendre !

— Un jour, tu retrouveras une femme avec qui tu auras envie de recommencer, dit-elle malgré tout.

Il secoua la tête.

— Non ! L'amour fait trop mal quand on le perd. Je ne m'en remettrais pas une deuxième fois.

Glissant la main dans ses cheveux, il ajouta :

— Ce que je veux maintenant, c'est être ici, avec toi.

Elle le souhaitait également, mais avec une telle force que c'en était presque effrayant, car elle se savait tout à fait capable de laisser d'autres sentiments se mêler à son désir...

Assez ! Qui cherchait-elle à tromper, au juste ? Ces sentiments, elle les éprouvait *avant* pour Chase et, si elle ne déployait pas tous les efforts possibles pour les atténuer, elle courait droit vers un nouveau désastre émotionnel.

Mais elle gérerait tout cela plus tard, pensa-t-elle alors qu'il l'attirait plus étroitement à lui. Et fermant les paupières, elle se cambra avec fièvre contre son corps.

8

Le lendemain, dans la bibliothèque du *Miranda*, Jemima lisait les titres des nombreux livres sur les rayonnages. Aujourd'hui, ils n'étaient pas sortis dans le submersible, le yacht offrant déjà de nombreuses activités : outre la piscine et une salle de sport, il y avait un sauna, une salle de cinéma, un terrain de basket-ball et, cerise sur le gâteau, une bibliothèque.

Et dire qu'elle l'avait pris pour un homme qui ne lisait pas ! Elle se rappelait sa surprise lorsqu'il avait évoqué Hemingway, au Green Door. Elle s'était trompée sur tant de choses, à son sujet. Comme quand il s'était mis en colère lors de la plongée : sa fureur reflétait juste une peur, la crainte qu'elle s'égare en suivant la tortue.

Et pourtant, elle devait garder à l'esprit que l'inquiétude qu'il avait montrée envers elle n'était pas personnelle : Chase était ainsi. Il se sentait responsable des autres, même de plongeurs qu'il ne connaissait pas.

— Choisis celui que tu veux.

Elle se figea. Il était juste derrière lui, si proche qu'elle percevait la chaleur de son corps. Son parfum aux notes boisées et masculines l'enveloppa tout entière quand il l'enlaça par la taille.

— Ils ne sont pas vraiment en ordre, je suis désolé, mais

les Hemingway sont quelque part sur la deuxième étagère, dit-il d'un ton un rien amusé.

Un petit sourire lui monta aux lèvres : maintenant qu'elle le connaissait un peu mieux, il lui était difficile d'imaginer qu'il ne lisait pas.

— OK, je t'ai jugé un peu vite, ce premier soir, au bar, admit-elle. Sans doute parce que la plupart des hommes que je connais lisent juste la rubrique sports dans les journaux.

Il glissa la bouche derrière son oreille, là où battait son pouls.

— Et est-ce que je suis comme tous les hommes que tu connais ? chuchota-t-il contre sa peau, la caressant de son souffle chaud.

Non, pensa-t-elle en revoyant la foule s'écarter sur son passage, au Green Door.

— Lors de notre première rencontre au Cycle Shack, tu portais une casquette de base-ball, puis tu m'as parlé de pêche la deuxième fois qu'on s'est vus. Donc j'en ai tiré de mauvaises conclusions. Voilà pourquoi, quand tu as cité Hemingway, j'étais étonnée.

Les battements de son cœur s'accélérèrent. Chaque jour, Chase lui réservait une surprise. Chaque jour, elle découvrait chez lui quelque chose de nouveau, d'inattendu qui lui donnait envie d'en apprendre plus sur lui. De tout connaître de lui.

— En bien, j'espère ! souffla-t-il au même endroit, suscitant la naissance d'un lent désir en elle.

— Bien sûr ! répondit-elle d'une voix rauque. Ça me plaît que tu lises des livres.

Il émit un petit rire.

— Moi, je t'avais prise pour une prof.

— Pourquoi ? Parce que je porte des lunettes ?

— Surtout à cause de la voix avec laquelle tu t'étais adressée à moi. Un peu sèche et stricte. Mais en réalité, plutôt sexy.

Elle aussi se mit à rire.

— Tu n'as qu'une obsession en tête !

— C'est faux, dit-il d'une voix qui la fit fondre. Je ne veux pas juste ton corps, mais aussi ton esprit, docteure Friday.

Son esprit ? Pouvait-on prononcer de telles paroles dans le cadre d'une amourette de vacances ? Si Holly avait été là, elle aurait pu l'éclairer, lui dire s'il flirtait ou s'il attendait davantage de leur liaison. Cette éventualité la troubla terriblement.

— Je ne suis pas encore docteure, juste doctorante pour l'instant.

— Tu le seras bientôt.

— Encore faut-il que je finisse ma thèse !

— Et c'est ce que tu vas faire.

Il la fit pivoter vers lui et ajouta :

— Cela t'inquiète ?

Si elle n'avait eu que sa thèse comme source de tracas ! C'était toute sa vie qui l'était. Ici, aux Bermudes, elle avait plus de recul sur l'existence qu'elle menait en Angleterre : elle se rendait compte qu'elle avait stagné entre l'adolescence et l'âge adulte. Elle était une étudiante devenue par héritage propriétaire d'une maison, sortait avec des musiciens en herbe et empruntait encore de l'argent à sa mère.

Toutefois, après les révélations de Chase la veille, il aurait été indélicat qu'elle s'apitoie sur son sort devant lui. Qui plus était, elle ne pouvait pas prendre ses confidences pour un feu vert et lui exposer à son tour tous ses malheurs. Hier, il s'agissait d'une exception à la règle !

— Non, pas vraiment. Seulement, quand on doit écrire plus de soixante mille mots, on se heurte forcément parfois à des écueils.

— Mais le principal ne fait plus partie de ta vie.

— Pardon ? demanda-t-elle en le regardant sans comprendre.

— Ce type qui te pourrissait l'existence. Ton ex, précisa-t-il en relevant le coin de sa bouche. D'ailleurs, que fait-il dans la vie ?

Sa question la prit de court : pour commencer, et à son grand étonnement, elle avait cessé de penser à Nick. Et maintenant que Chase l'interrogeait à son sujet, il lui semblait appartenir à un pan très éloigné de son existence.

— Il est chanteur dans un groupe. Il joue aussi de la guitare.

— C'est ça ton truc ?

Elle cligna des yeux.

— Mon « truc » ? Tu veux dire les musiciens ?

— Exact. Tu ne serais pas la première fan à se faire duper.

— Non, ça n'avait rien à voir. Je n'aimais même pas sa musique.

— Dans ce cas, pourquoi es-tu sortie avec lui ? questionna-t-il d'un ton inquisiteur.

Parce que c'était un loser et que je pensais pouvoir l'aider à remettre de l'ordre dans sa vie !

— Il était riche ? insista-t-il.

— Riche, lui ? s'esclaffa-t-elle. Non, il était toujours fauché, et de toute façon, je ne sors pas avec un homme en fonction de son compte en banque.

Encore que… Plus ils étaient démunis, plus ils lui plaisaient ! Malgré elle, elle se sentit rougir.

— Alors pourquoi ? Il était beau ?

Objectivement oui, en dépit de ce qu'affirmaient Holly et Ed, même si, comparé à l'Adonis qui se tenait devant elle, Nick n'avait rien d'exceptionnel.

— Je trouvais, oui, avoua-t-elle.

— Tu mérites mieux que lui, renchérit-il en lui caressant la joue.

Il se trompait sur elle, et pourtant, elle se sentait heureuse en sa compagnie. Mais c'était là tout le paradoxe d'un flirt de vacances : comme on n'était pas dans la répétition du quotidien, on était forcément plus détendu ! Et puis ce n'était pas la vraie vie…

Toutefois, depuis qu'il lui avait parlé de Frida, elle s'était rendu compte qu'elle n'avait jamais vraiment connu l'amour. D'ailleurs, serait-elle capable d'aimer à ce point ? Elle l'ignorait.

— Sans doute, mais pour l'instant, je suis heureuse avec toi, monsieur Rochester.

Et sur ces mots, elle prit *Jane Eyre* dans la bibliothèque, son héroïne préférée qui, après avoir surmonté bien des obstacles, avait trouvé l'amour auprès de M. Rochester.

Une heure plus tard, allongée sur un transat, elle referma le roman, incapable de se concentrer. Elle jeta un coup d'œil vers Chase : lui n'essayait pas de lire, mais lézardait tout simplement sur un autre transat, les yeux fermés. Ce qui lui permit de bien l'observer.

De se focaliser sur sa beauté, ses talents d'amant… Malgré tout, il lui était difficile d'oublier ses confidences, et tout ce qui lui était arrivé. La perte de son enfant à naître, la mort de sa femme, autant d'événements qui chamboulaient une vie en profondeur. Maintenant qu'elle avait entendu de la souffrance dans sa voix, elle ne pouvait plus en faire abstraction. Au contraire : on aurait dit une sorte d'appel…

Mais elle résisterait !

Chase Farrar était sans doute l'homme le plus beau qu'elle ait jamais rencontré, mais aussi le plus meurtri. Et c'était précisément pour cette raison qu'elle ne chercherait pas à le secourir. Elle était ici pour s'amuser, pas pour jouer aux thérapeutes, et peu importait qu'elle se sente si proche de lui.

D'ailleurs, elle devait laisser cette impression sur la touche, il fallait que tout reste simple entre eux, que leur relation demeure purement physique.

Ils déjeunèrent sur le pont. C'était la journée la plus parfaite depuis son arrivée, pensa-t-elle en contemplant l'océan qui sertissait le yacht, le bleu étincelant sous le soleil vaporeux. Quant au menu…

Aujourd'hui, on leur avait servi une salade de homard à la mangue, accompagnée de beignets de légumes et suivie d'une crème glacée à la banane et au pralin légèrement salé.

— Tu aimes ?

Elle leva les yeux et se heurta à ceux de Chase.

— C'est délicieux. Comment fait Gianluca pour arriver à combiner des saveurs aussi subtiles ?

— Il a de l'expérience.

Et sur ces mots, il subtilisa un copeau de pralin dans son assiette.

— Hé ! Bas les pattes ! Je réserve le pralin pour la fin, dit-elle avec un sourire amusé.

— Je n'ai pas cette patience. Je ne peux pas garder les meilleurs morceaux pour la fin. Je les veux tout de suite. Et aussi au milieu. Surtout quand je suis avec toi.

— N'essaye pas de me distraire !

Et, prenant un copeau de pralin, elle se mit à le grignoter.

Il émit un petit rire.

— Je parie que tu fais partie de ces personnes qui ouvrent leur cadeau sans déchirer le papier d'emballage.

— Je ne vois pas le problème. Au contraire : c'est mieux pour la planète puisqu'on peut le réutiliser. Même si, personnellement, je ne suis pas une grande fan du papier pour envelopper les cadeaux, je préfère le tissu.

— Ah bon ?

— Oui, de type *furoshiki*, tu sais, ces emballages japonais en tissu.

Il hocha la tête.

— J'en ai entendu parler. Et tu peux utiliser n'importe quel tissu ? Un drap, par exemple ?

— Pourquoi pas ? dit-elle en fronçant les sourcils.

Un éclat univoque brilla dans les yeux de Chase quand il croisa les siens.

— Parfait, car je rêve de passer l'après-midi au lit avec toi, et de jouer avec les draps.

Le cœur battant, elle le regarda fixement, prise au dépourvu. À la fois impatiente et perdue quelque part entre la faim qu'elle lisait dans ses yeux et la chaleur qu'elle sentait monter en elle.

Elle s'éclaircit la voix.

— On saute le café ?

— Si ça ne t'ennuie pas...

Et se penchant vers elle, il l'embrassa à pleine bouche...

Il leur fallut quelques secondes pour se rendre compte que son téléphone sonnait. En soupirant, il détacha ses lèvres des siennes et jeta un coup d'œil à son écran.

— Je dois répondre, déclara-t-il en fronçant les sourcils.

Et l'instant d'après, il se dirigeait vers la piscine.

— Prendrez-vous un thé ou un café, madame Friday ? lui demanda soudain Peter, un des stewards venu débarrasser.

Elle jeta un coup d'œil à Chase. Il semblait écouter très attentivement son interlocuteur, une main dans la poche de son bermuda.

— Non merci, Peter, ça ira.

Elle s'adossa ensuite à son siège, et contempla de nouveau l'océan et tous ses dégradés. Sans doute était-ce un appel de New York, songea-t-elle, consciente qu'il était quotidiennement en contact avec sa société.

— Désolé, dit-il en revenant, aussi beau et doré que les trésors qu'il rapportait de l'océan.

— Tout va bien ? demanda-t-elle plus par politesse que pour qu'il lui raconte les détails de sa conversation.

— Tout va bien, dit-il avec lenteur. C'était Marcus. Il voulait juste me dire que le bungalow est de nouveau habitable et flambant neuf. Tu peux y retourner quand tu veux.

Elle demeura muette de surprise, ces paroles bourdonnant dans sa tête comme un essaim d'abeilles. Elle savait pourtant dès le début qu'elle réintégrerait le bungalow dès que les travaux seraient finis, mais entre les flots bleus et les yeux verts de Chase, elle l'avait oublié...

Or maintenant, c'était le terminus, elle devait descendre ! Et elle en était tout étourdie. À présent que l'heure était venue, comme il était difficile de quitter Chase ! Plus encore d'imaginer un réveil sans lui à ses côtés.

— Super, parvint-elle à dire.

— Ils ont travaillé dur, mais bien. Tiens, regarde les photos...

— Joan va être ravie.

— Quand veux-tu que je te dépose ?

Contrairement à elle, il ne paraissait pas le moins du monde affecté, alors que, quelques instants auparavant, il l'embrassait avec fougue et que son baiser l'avait complètement chavirée. *La preuve que tout cela ne signifiait rien !* C'était la règle du jeu qu'ils s'étaient fixée d'un commun accord. Elle devait passer outre à la douleur qui lui serrait la poitrine : à quoi aurait-il servi d'avoir l'air déçue ?

— Quand ce sera le plus pratique pour toi, répondit-elle d'un ton qu'elle espérait le plus désinvolte possible. C'est en fonction de ton emploi du temps. Tu préfères tout de suite ou demain ?

— Comme je te l'ai dit, je dois me rendre à New York, demain soir, déclara-t-il d'un ton qu'elle n'aurait su caractériser mais qui ne collait pas avec son air impassible. Tu y es déjà allée ?

Elle avait complètement oublié le voyage qu'il avait prévu de faire, et surtout, elle ne voyait pas le rapport.

— À New York ? Non, les Bermudes, c'est mon premier séjour à l'étranger.

Un long silence s'ensuivit.

— Et si tu venais avec moi ? Croquer pour la première fois dans la Grande Pomme.

Elle le regarda, interloquée. Était-il sérieux ? Cette proposition représentait tout de même un écart par rapport à la nature de leur liaison.

— Je suis conscient que cela s'éloigne de nos règles, poursuivit-il, comme s'il lisait dans ses pensées. Mais depuis hier, j'ai l'impression que les choses ont un peu changé entre nous, à cause de moi.

Une mouette tournoya dans le ciel, il la suivit des yeux, puis serra les mâchoires.

— Or, ce sont tes vacances. Je t'ai promis que tu allais en profiter grâce à moi, qu'on allait bien s'amuser, faire de la plongée, et...

— Et tu as tenu tes promesses ! Je me suis bien divertie.

— Sauf hier soir ! J'ai déversé sur toi mon fardeau émotionnel, et je n'aurais pas dû. Ce n'était pas juste. Contraire à nos accords. Aussi, je me suis dit qu'un petit séjour à New York serait une manière de me rattraper. À part l'événement auquel je dois absolument me rendre, je n'aurai aucune autre obligation. Je pourrai te faire visiter la ville.

Elle imagina tout de suite les gratte-ciel, la statue de la Liberté, et la main de Chase sur ses hanches, son corps comme empli de lumière...

C'était vraiment très tentant, seulement...

— Tu en as assez fait pour moi. Ce n'est pas nécessaire.

— J'en ai envie. J'ai envie de te montrer où j'habite.

Elle en resta ahurie : c'étaient les couples qui improvisaient une escapade à New York ! Or, ils n'en étaient pas un, juste des amants qui s'étaient rencontrés une semaine plus tôt et redeviendraient des étrangers dès qu'elle quitterait les Bermudes.

Elle s'aperçut soudain qu'elle était en train d'enfoncer ses ongles dans ses paumes : quitter les Bermudes ? Quitter Chase ? Elle eut la subite impression de manquer d'air, de se noyer... Prenant une profonde inspiration, elle compta jusqu'à dix en silence.

— Entendu, alors ! Moi aussi j'ai très envie de découvrir New York avec toi.

Au diable les règles qu'ils avaient établies ! C'étaient ses vacances et elle en profiterait jusqu'au bout ! Là-dessus, elle l'embrassa pour ne plus avoir à gérer ses émotions contradictoires.

New York, New York ! Ville magique, se dit Chase en contemplant Central Park, depuis la fenêtre de son triplex.

Ils avaient atterri en fin de soirée, accueillis par l'obscurité et un tourbillon de flocons de neige puisque c'était l'hiver ici, et à présent, il scrutait les lumières tout en bas : quand il ne pouvait pas dormir, il venait souvent observer la circulation pour se rassurer sur le fait qu'il n'était pas seul au monde...

Mais seul, il ne l'était pas en ce moment ! Sur cette pensée, il regarda par-dessus son épaule. Jemima dormait dans son lit : sa chevelure formait une auréole dorée sur l'oreiller et son corps nu semblait scintiller d'argent sous le clair de lune.

Il sentit une certaine partie de son corps réagir à cette vue et son traître de cœur redoubla de vitesse.

Ce n'était pas la ville qui lui provoquait ces palpitations, mais elle, Jemima ! Bien qu'il lui ait dit – et ait voulu se convaincre – que leur arrangement relevait juste d'un interlude de plaisirs et de satisfactions mutuels, il avait été quasiment tétanisé quand Marcus lui avait annoncé que le bungalow pouvait de nouveau accueillir Jemima.

Mais, au fond, n'était-ce pas légitime ? Ils ne s'étaient pratiquement pas quittés depuis qu'ils s'étaient affrontés dans le bungalow, et il n'avait pas partagé autant de jours d'affilée avec une femme depuis des lustres.

Sans compter ce moment de faiblesse, où il avait implosé...

Depuis une bonne décennie, il pratiquait la fuite en avant, enfouissant tout au fond de son être sa douleur et son désespoir. Et tout à coup, Jemima avait surgi dans sa vie et exigé le respect qu'il aurait dû spontanément lui montrer. Quel choc ça avait été de découvrir l'homme qu'il était devenu ! Un homme qui blessait les autres pour cacher ses propres meurtrissures. Il en avait été choqué au point de se mettre à parler et, après avoir commencé, il n'avait plus été en mesure de s'arrêter, comme si une digue intérieure avait cédé, libérant tous les souvenirs piégés en lui.

Le processus avait été affreusement douloureux, pourtant, bien qu'encore endolori, il ressentait maintenant une forme d'apaisement : il avait en effet l'impression qu'il parviendrait un jour à surmonter sa peine au lieu de devoir constamment la gérer.

Était-ce parce qu'il s'était confié à elle qu'il lui avait semblé presque inimaginable de laisser Jemima revenir au bungalow ?

À vrai dire, il n'avait pas tellement envie de répondre à cette question, ni de chercher à comprendre pourquoi elle produisait un tel effet sur lui. Ne lui avait-il pas dit deux jours auparavant que la beauté de leur relation reposait dans le fait de vivre dans le présent, sans penser à la veille ni au lendemain ?

Sa présence lui suffisait.

Enfin… pas vraiment, en fait.

De nouveau, il se sentit tétanisé. Il s'était persuadé qu'il avait agi sur une impulsion en l'invitant à New York, mais en réalité, il lui avait été insupportable de l'imaginer aux Bermudes sans lui, d'autant que son séjour là-bas allait bientôt s'achever…

— Chase…

Il se retourna.

Jemima était redressée sur un coude, les yeux noyés de sommeil : un désir insensé le saisit, réaction qui le troubla terriblement. Il se précipita vers le lit.

— Chase, tu me manques, répéta-t-elle contre sa bouche.

— Toi aussi, marmonna-t-il avant de capturer la sienne.

Et il comprit qu'au désir était venue se greffer la nécessité de rester tout près d'elle tant qu'il le pourrait.

— Alors, comment trouves-tu la ville ? demanda Chase.

Après une grasse matinée, ils étaient en train de prendre le petit déjeuner au lit, tout en admirant le soleil se refléter sur les angles des gratte-ciel.

— Fantastique ! J'ai l'impression d'être dans un film, répondit-elle avec un adorable sourire qui s'immisça tout de suite en lui. Je me demande comment tu arrives à travailler dans un environnement pareil. Je crois que je passerais mon temps à regarder par la fenêtre.

— J'y suis habitué, tu sais. En l'occurrence, j'ai envie de contempler autre chose…

Et il laissa les doigts courir sur les hanches de Jemima, tandis que son cœur s'emballait… Assez ! Il lui avait promis de lui faire visiter la ville, pas de l'enfermer dans cette chambre. Dans cet appartement qu'il avait aussi partagé avec Frida avant de s'y cacher tout seul, loin du monde, entre deux expéditions aux Bermudes.

Pour la première fois, il mesura l'immensité de la solitude qui avait été la sienne. Et que, sans Jemima, sa vie risquait de rebasculer dedans...

— Allez, habillons-nous ! Nous allons visiter Manhattan, déclara-t-il tout à trac.

— Il y a juste un petit problème, dit-elle alors. Je n'ai pas de vêtements chauds.

— J'ai ce qu'il te faut.

Et sur ces paroles, il l'entraîna dans le dressing où se trouvaient les tenues, manteaux, bottes et chaussures que son assistante personnelle avait, à sa demande, achetés pour Jemima.

— Non, je ne peux pas accepter, dit-elle en touchant un manteau en daim d'un blanc brillant avant de glisser les doigts sur une robe en satin bleu.

— Vraiment ? Tu vas avoir froid en bikini sur la Cinquième Avenue ! Pire : tu risques de te faire arrêter par la police.

— Dans ce cas, je te rembourserai, dit-elle en rougissant.

— Inutile. Tu es mon invitée, et puis tu es aussi ici pour m'aider. Disons que c'est un dédommagement sous forme de vêtements.

— T'aider ? répéta-t-elle d'un ton lent.

— J'ai besoin d'être accompagné à l'événement de ce soir.

— C'est pour cette raison que tu m'as demandé de venir ?

En réalité, de nombreuses autres femmes se seraient réjouies d'être à ses côtés ce soir, mais il n'en imaginait qu'une : Jemima.

Comme promis, Chase lui fit visiter Manhattan. Jemima s'extasiait sur tout, des taxis jaunes aux écrans de Times Square en passant par l'Empire State Building. À ses côtés, il redécouvrit toutes les splendeurs de sa ville auxquelles il ne prêtait plus attention depuis longtemps.

— Et ce bâtiment, qu'est-ce que c'est ?

— C'est le siège de ma société, dit-il d'un ton tranquille.

Puis il salua le portier, et l'entraîna à l'intérieur, vers son ascenseur privé.

— Si tu as du travail à faire, je peux...

— Non, l'interrompit-il au moment où les portes se refermaient. Je t'ai amenée ici car je veux que tu voies la ville d'en haut.

Et, quelques instants plus tard, ils se retrouvèrent sur le toit, où les attendait un hélicoptère, posé dessus tel un insecte en métal.

— On va monter dans cet hélicoptère ? demanda-t-elle d'une voix où perçait l'incrédulité.

Il hocha la tête et la prit dans ses bras ; une brise froide souleva alors sa belle chevelure.

— Tu dois être contente de ne pas être en bikini, non ?

Survoler New York à trois cents mètres de hauteur était la meilleure façon d'appréhender la ville, et de contempler des vues réservées habituellement aux cartes postales. Le pilote suivit la courbe de l'Hudson, et Chase indiqua à Jemima les différents monuments ou repères.

— Là, dit-il, c'est l'American Museum of Natural History, et c'est ici qu'a lieu l'événement de ce soir.

Elle lui jeta un regard en coin : son sourire avait disparu.

— Tu es sûr de vouloir que je t'accompagne ?

— Tout à fait ! C'est juste une exposition, tu sais. Nous

n'avons pas besoin de rester longtemps. Juste de montrer nos têtes.

— Ta tête, tu veux dire.

La journée passa en un clin d'œil, comme c'était le cas quand on était heureux, songea-t-il plus tard en attendant Jemima qui se préparait pour la soirée.

Lui-même était fin prêt dans son costume-cravate, et il avait envoyé un message au chauffeur pour qu'il amène la voiture au bas de l'immeuble.

Soudain, il sentit une présence derrière lui... Quand il se retourna, son cœur se mit tout de suite à battre plus vite.

Jemima descendait les marches, telle une apparition, avec son chignon lâche, sa courte jupe en soie blanche et son chemisier argenté qui scintillait sous les lumières au-dessus de sa tête. Son rouge à lèvres irisé soulignait son fard à paupières gris cendré derrière ses lunettes.

— Tu es superbe, dit-il.

Il jeta un coup d'œil à sa taille, là où son haut dévoilait une bande de peau, et le regretta immédiatement car tout son corps se tendit de désir. Elle se mordit la lèvre.

— Je ne suis pas arrivée à mettre mes lentilles.

Il traversa le salon et la rejoignit en deux enjambées à mi-escalier.

— Je ne vois pas le problème. Tes lunettes te vont à ravir, et puis comme ça, je suis le seul à voir tes yeux sans.

À ces mots, il vit son pouls battre tendrement à la base du cou, et une onde de chaleur le submergea... Prenant sur lui, il se contenta d'un petit baiser sur la bouche.

— Il faut partir sans délai, sans quoi je vais trouver mille raisons de rester, déclara-t-il.

9

Chase se félicitait d'être revenu pour l'exposition. Pas simplement en raison de l'intérêt qu'elle présentait, mais parce qu'elle lui donnait aussi l'occasion de contempler Jemima, ce qui était devenu son passe-temps favori.

Et puis il aimait sa compagnie, son rire, son esprit curieux, son intelligence. Après des années de solitude à repousser toute relation sérieuse avec une femme, il retrouvait le goût du bonheur grâce à Jemima – un bonheur indicible qu'il n'avait pas juste oublié, mais en réalité jamais expérimenté.

— Donc, c'est un objet que ton équipe a trouvé.

Ils étaient en train d'admirer une lourde chaîne en or qui semblait intacte alors qu'elle était restée immergée dans l'eau pendant près de trois cents ans.

— Tout à fait. Dans une épave, au large des Bahamas.

— Des Bahamas ? s'étonna-t-elle.

— Après l'ouragan Tana, il y a trois ans, je suis allé là-bas pour aider à transporter de la nourriture et de l'eau. Tout n'est pas non plus une question d'adrénaline, tu sais.

— Je n'en doute pas. C'est pour cela que ta société sponsorise le musée ?

Tiens, elle avait repéré le minuscule logo de Monmouth Rock

sur le cartel, ce que très peu de gens voyaient. Mais Jemima était si attentive à son entourage, si soucieuse des autres.

— Oui, j'apprécie leur travail, cette ingénieuse collaboration entre les archéologues marins et les biologistes.

Après avoir passé une heure dans l'exposition, ils s'acheminèrent lentement vers la sortie.

— Tu es fatiguée, ou tu veux aller à la soirée ?

— Il y a une soirée ? demanda-t-elle, une lueur d'excitation dans les yeux.

— Pas officielle, mais nous sommes à New York, ma belle ! La ville qui ne dort jamais. Il y a toujours un *after* quelque part.

Après la sérénité du musée, Le Bomb représenta un sacré contraste : la musique assourdissante résonnait dans tout le corps et les invités étaient pressés les uns contre les autres. Cela lui rappela tout à coup leur première soirée au Green Door, et il eut alors envie de remonter le temps...

Finalement, ils dansèrent jusqu'à 3 heures du matin, jusqu'à ce qu'il la sente un peu faiblir.

— Rentrons, murmura-t-il.

Comme ils traversaient le hall, Jemima lui serra le bras.

— Qu'y a-t-il ?

— Regarde, cette femme semble avoir un problème.

La personne qu'elle lui avait désignée était allongée sur un canapé en velours, et ses amis lui tapotaient les épaules en riant.

Chase s'approcha.

— Elle va bien ?

— Elle est un peu malade, mais ça va aller.

— Elle peut s'asseoir ? questionna Jemima en passant devant lui.

— Euh... Je ne pense pas, répondit une des amies de la femme allongée.

— Comment s'appelle-t-elle ?

— Shannon.

— Hé, Shannon ! Est-ce que tu m'entends ? demanda Jemima en s'accroupissant devant elle.

Pour toute réponse, la femme poussa un gémissement et elle se tourna vers Chase.

— Tu veux bien lui prêter ta veste, Chase ? Et peux-tu aussi appeler une ambulance ? Elle respire avec difficulté. Je crois qu'elle est en état de coma éthylique.

Ils attendirent que l'ambulance arrive pour repartir. Durant le trajet jusqu'à l'appartement, Jemima demeura d'abord silencieuse, visiblement affectée par l'incident.

— Elle va s'en sortir, dit-il en lui prenant la main.

— Espérons, répondit-elle d'un ton sceptique. Je l'avais déjà repérée au bar, tout à l'heure, j'aurais dû intervenir plus tôt.

— Tu as fait tout ce qu'il fallait, Jemima.

— Ça, tu n'en sais rien.

— Mais enfin, je sais ce que j'ai vu.

— Je ne parle pas de cette femme... Tu ne me connais pas, Chase, tu ne sais pas ce que j'ai fait.

Ces paroles le sidérèrent au point qu'il ne remarqua même pas que la limousine s'était arrêtée devant son immeuble.

— Jemima ?

Mais elle était déjà sortie de la voiture. Qu'avait-elle donc pu faire de si rédhibitoire ? Il la rattrapa dans le lobby. Quand les portes de l'ascenseur s'ouvrirent, elle se précipita à l'intérieur et s'appuya contre la paroi du fond, comme si elle le fuyait.

— Écoute, je ne comprends pas du tout ce qui se passe, dit-il. Ce qui t'arrive.

Son changement brutal d'humeur l'avait ébranlé. Elle s'était complètement retranchée en elle-même.

— Il n'est pas nécessaire que tu comprennes.

Il retint une grimace de douleur : ces paroles faisaient écho à ce qu'il lui avait dit sur le *Miranda*, à savoir qu'il ne s'agissait que d'une liaison passagère entre eux. Seulement, il ne le pensait pas alors, et il le pensait encore moins aujourd'hui.

Lorsque l'ascenseur arriva à l'étage voulu, Chase la laissa passer devant lui, redoutant qu'elle ne reparte au rez-de-chaussée et disparaisse dans la nuit. Car son regard lui avait rappelé celui de Frida, et le besoin que celle-ci éprouvait de se terrer pour souffrir à l'abri des regards.

Mais à l'époque, il était un autre homme, incapable de voir ce qui se déroulait juste sous son nez. Et, en partie grâce à la femme qui se trouvait actuellement dans son salon, il avait énormément changé.

— Pourtant, je veux comprendre.

— Et moi, je n'ai pas envie de t'expliquer, répliqua-t-elle en ouvrant de grands yeux assombris. Tout ce qui s'est passé entre nous, c'était une erreur... J'aurais dû aller à l'hôtel. Et je n'aurais jamais dû te pousser à te confier à moi.

Son cœur cognait à toute vitesse dans son torse : il n'arrivait pas à croire qu'il avait devant lui la même femme que celle de la veille, aux prunelles enfiévrées de désir. Maintenant, elle le regardait comme un ennemi. Non, pire qu'un ennemi, un bourreau !

— Écoute, tu es bouleversée par ce qui s'est passé au club. Moi aussi, je le suis, donc cela nous ferait du bien d'en parler, dit-il avec une douceur qui l'étonna lui-même.

— Je ne veux pas parler, déclara-t-elle. Je veux dormir. Toute seule.

Elle avait presque hurlé, et était visiblement sur le point de pleurer. Sur ces mots désespérés, elle monta l'escalier quatre à quatre et disparut dans l'obscurité. Il entendit une porte claquer, à l'étage.

Il se sentit soudain épuisé et glacé, comme si la neige extérieure avait imprégné ses os. Pourtant, il ne pouvait pas dormir, au cas où, profitant de son sommeil, elle s'enfuirait – cette fois sans laisser de mot.

Il se dirigea alors vers la cuisine pour se préparer une boisson chaude, et se rappela la nuit où la tempête avait sévi sur son île peu après leur arrivée ; elle l'avait surpris en train de contempler les éléments déchaînés.

Il avait pu voir la nature à son stade le plus terrifiant quand il était sur l'océan et pourtant, cette nuit, dans son appartement new-yorkais, il était bien plus effrayé. Quelques minutes plus tard, il revint dans le salon avec un mug fumant, et s'assit sur le canapé. Les paupières lourdes, il voulut prendre un coussin, à ceci près que ce ne fut pas ce que toucha sa main. C'était Jemima. Sans l'ombre d'une hésitation, il l'attira contre lui et la serra très fort...

— Jemima, dit-il cette fois à haute voix.

Dans la pénombre, elle était encore toute pâle, et ses pupilles semblaient dilatées.

— Je regrette mes paroles, déclara-t-elle. Mais je ne regrette pas nos vacances sur le *Miranda*, ni d'avoir entendu tes confidences. Il faut me croire, Chase, je ne pensais pas un mot de ce que j'ai dit tout à l'heure.

— Je sais...

Il hésita.

— Mais je sais aussi qu'après ce que je t'ai confié l'autre jour, tu n'as aucune raison de penser que je puisse t'aider.

Elle secoua la tête.

— Non, ne crois pas cela.

— Je ne t'en blâmerais pas.

Ce fut alors qu'il comprit qu'elle était aussi effrayée que bouleversée. Et cette fois, au lieu de l'embrasser et de lui faire l'amour, il voulut savoir ce qui avait ou *qui* avait provoqué les ombres qui se mouvaient dans ses yeux agités. Il espérait juste ne pas en être la cause !

— Qu'est-ce qui t'effraie ainsi ? demanda-t-il en retenant son souffle.

Elle parut hésiter.

— Ça... Cette conversation. Personne n'est au courant, et je n'ai pas envie que tu le sois, même si tu sais déjà.

— Qu'est-ce que je sais ?

— Que je ne fais jamais ce qui est prévu. Comme lorsqu'on a plongé la première fois, tous les deux. J'ai suivi une tortue, et pas le protocole. Et la seule fois où il était *vraiment* important que j'aille jusqu'au bout, j'ai renoncé, alors qu'il n'avait personne sur qui compter. Je l'ai quitté. Je l'ai laissé mourir.

Il la regarda en silence, avec l'impression que son cœur allait traverser sa cage thoracique.

— De qui parles-tu ? parvint-il à demander.

— De mon père, dit-elle d'une voix essoufflée.

Comme lui, elle éprouvait de sérieuses difficultés à affronter le passé, les souvenirs, la douleur, constata-t-il. Pourtant, elle devait en passer par là.

— De quoi est-il mort ?

— D'hypothermie. Il voulait rentrer chez lui, mais il avait perdu ses clés, il a donc dormi sur le seuil de sa porte.

Elle tremblait à présent, comme si elle avait froid, elle aussi.

— Pourquoi n'est-il pas allé chez des amis ou à l'hôtel ?

— Pour la simple raison qu'il n'avait pas d'amis. Juste des compagnons de beuverie. Mon père était alcoolique. Je ne sais pas à quel moment exact de sa vie il a sombré dedans, mais c'est un fait.

— Ce devait être difficile.

Elle se mordit la lèvre.

— Oui... Surtout pour ma mère ! Elle l'aimait tant... Ils s'étaient rencontrés à l'université, quand il était professeur en sciences sociales. Il écrivait aussi des articles pour divers journaux. Il était si drôle et tendre lorsqu'il était sobre. Ils ont fini par divorcer, et ma mère s'est remariée deux années plus tard avec un homme adorable, Adam, le père de Holly et Ed.

Ce qui expliquait pourquoi elle était très différente des jumeaux ! pensa-t-il.

— Adam est un homme solide et attentionné. C'est pour cette raison, je crois, que j'ai décidé d'aller vivre chez mon père. Je savais qu'Adam s'occuperait parfaitement de sa famille, tandis que mon propre père avait besoin que quelqu'un prenne soin de lui.

— Mais quel âge avais-tu ?

— Treize ans, presque quatorze. Même si je le voyais régulièrement, c'est-à-dire tous les week-ends, je ne trouvais pas juste qu'il soit seul le reste de la semaine. Et puis je pensais qu'en vivant avec lui, je le comprendrais mieux. Je parviendrais à l'aider. Qu'il sortirait de son addiction. Mais la vie avec lui s'est révélée plus difficile que je l'imaginais.

Elle pressa le poing contre sa bouche. Il avait du mal à respirer, à présent.

— Le réfrigérateur était toujours vide, il oubliait tout le temps de faire les courses, alors je lui demandais de me laisser de l'argent, mais il le reprenait dans la boîte quand il avait besoin d'alcool. Parfois, il chutait et se blessait, il lui arrivait de rentrer à la maison couvert de sang. Je ne disais rien à personne par peur de le trahir.

Son récit le bouleversait : il connaissait si bien ce sentiment d'impuissance envers une personne dont on se sentait responsable. Seulement lui, il était adulte à l'époque, pas une enfant de treize ans.

— Il buvait tous les soirs, je m'inquiétais pour lui, j'attendais qu'il rentre... Bref, j'étais épuisée. Puis j'ai fini par manquer des cours pour m'occuper de lui.

Elle marqua une pause, se mordillant de nouveau nerveusement la lèvre.

— Mais un jour, une de mes profs m'a demandé de rester après la classe. Elle m'a dit que tout le monde se tracassait pour moi, au sujet de mes notes qui ne cessaient de baisser... Je crois que c'était ce que j'attendais qu'on me dise, car, le soir même, j'ai fait mes bagages et je suis retournée vivre chez ma mère.

Elle jeta un regard par la fenêtre et enchaîna :

— Pendant deux semaines, je ne suis pas allée le voir. J'avais honte, et aussi peur qu'il m'en veuille. Puis j'ai pris mon courage à deux mains et, après l'école, je suis allé l'attendre devant son pub... Il avait encore maigri, il était presque méconnaissable. Il m'a demandé comment se passaient mes cours, comment allait ma mère. Il m'a aussi dit qu'il valait mieux que je ne vive plus avec lui car il n'avait rien à m'offrir. C'est la dernière fois que je l'ai vu vivant.

À cet instant, un sanglot lui échappa. Sur une impulsion, il la hissa sur ses genoux pour qu'elle puisse pleurer tout son soûl, blottie dans ses bras.

— J'aurais dû rester vivre avec lui.

— Tu étais une enfant, Jemima, argua-t-il.

— Je l'ai abandonné, dit-elle en redoublant de larmes. Il n'avait que moi dans sa vie, et malgré tout, je l'ai laissé tout seul.

— Et si tu étais restée, que se serait-il passé, selon toi ?

— Il serait encore en vie ! s'écria-t-elle à travers ses pleurs.

Il la tint longtemps dans ses bras... Et finalement, à l'aube, il la porta à l'étage, la déshabilla et remonta la couette sur elle avant de se glisser à ses côtés.

Elle s'endormit sur-le-champ, lovée contre lui, comme cela lui était souvent arrivé. Mais cette fois, cela lui parut différent. Était-ce la façon dont elle avait collé la tête sur son torse ? Ou sa respiration tremblante ?

Et tout à coup, il comprit, paniqué, que c'était *lui* qui était différent. Car, en dépit de ce qu'il croyait, de ce qu'il estimait impossible, il était retombé amoureux ! Amoureux de Jemima. De cette femme qui s'était adressée à lui sur un ton professoral lors de leur tout premier échange avant de l'inciter à se confier à elle sur le *Miranda*, de sortir de la carapace qu'il s'était construite pour se protéger, et de permettre à la lumière de pénétrer dans l'obscurité dont il était depuis si longtemps captif.

Il aurait aimé lui crier sur-le-champ son amour, le hurler sur les toits de Manhattan, cet amour qui lui avait redonné une raison de vivre et qui survivrait aux vacances.

Seulement, comment la persuaderait-il de sa sincérité, après toutes les règles qu'ils avaient mises en place et après avoir bien insisté sur le fait que leur idylle ne les liait en rien ?

10

Expirant lentement, Jemima leva les yeux vers le plafond du sauna. Ils s'étaient réveillés tard, puis étaient restés au lit pour s'étreindre à satiété sous la lumière du soleil.

Quand il lui avait proposé de nager et d'aller au sauna, elle avait tout de suite accepté, mue par le besoin de chasser les souvenirs de la veille, cette femme ivre morte, ses propres aveux... Mais cela n'avait pas aussi bien marché que les caresses de Chase.

Elle lui jeta un regard en coin. Il semblait maintenir une certaine distance aujourd'hui, et en quoi était-ce surprenant ? Il lui fallait absorber tout ce qu'elle lui avait confié, et encore, elle lui avait épargné l'ultime révélation... À savoir qu'elle redoutait la fin de leur histoire et qu'elle n'imaginait plus vivre sans lui.

Un petit bip se fit entendre.

— Cela fait quinze minutes, dit-il d'une voix qui résonna dans toute la pièce.

Le sauna offrait un fantastique panorama sur l'Empire State Building ; mais elle avait à peine profité de la vue tant elle était accaparée par celle de l'homme qui venait de rouler de façon languide à ses côtés. Elle ne cessait aussi de repenser à la façon dont il s'était comporté envers elle quand elle avait craqué : son attention, sa sollicitude, son absence de jugement.

— Tu n'es pas obligé de plonger dans la piscine maintenant, dit-elle. Je sais que tu peux rester plus longtemps que moi ici.

— Non, j'ai assez chaud, dit-il en se levant.

Puis il ouvrit la porte et lui tendit la main.

— En fait, ajouta-t-il, j'ai une meilleure idée pour se rafraîchir. Mets tes claquettes, enfile ça et suis-moi.

Il venait de lui tendre un peignoir.

Il longea la piscine, elle lui emboîta le pas, et tout à coup il ouvrit une porte qui donnait sur une pièce incroyable. Un peu comme le sauna, à ceci près que les murs étaient en pierres blanches et que tout était recouvert de...

— C'est de la neige ?

— Exact. C'est à Dubaï que j'ai vu une pièce comme celle-ci pour la première fois.

— C'est complètement fou ! Mais d'où t'est venue cette envie de recréer de la neige ?

— Tout d'abord, je tiens à préciser avant toute critique que c'est par énergie solaire qu'elle est produite.

Elle sourit.

— Et, pour répondre à ta question, il neige juste une dizaine de jours par an à New York, et ça me manque, car là où j'ai grandi, il y en avait bien plus. Et puis je me suis dit qu'à toi aussi, ça te manquait peut-être. Ton pays, je veux dire, pas la neige.

Des flocons s'étaient posés au bout de ses longs cils, et pendant quelques instants, elle en resta sans voix.

— À cause de ce qui s'est passé hier soir, reprit-il.

Il enserra son visage dans ses mains.

— Écoute, je sais que tu dois te sentir un peu bizarre, mais je t'assure que c'est inutile. Nous avions tous les deux un passé qui nous entravait. Je suis content d'avoir pu t'aider un peu.

Il parut hésiter, avoir envie d'en dire davantage, mais prit finalement les mains de Jemima dans les siennes, et frotta son nez contre le sien.

— Comme il existe un lien de confiance entre nous, je vais te révéler un ultime secret. Si j'ai cette pièce chez moi, c'est pour pouvoir faire des bonshommes de neige.

Un énorme sentiment de soulagement la submergea. Ouf, elle n'avait pas tout gâché avec ses terribles confidences !

— Tu devrais venir à Edale, dit-elle de façon spontanée. Nous avons des tonnes de neige, là-bas. C'est magnifique. Un peu comme dans *La Reine des neiges*.

— Pourquoi pas ? renchérit-il en plongeant les yeux dans les siens.

Un élan de bonheur la souleva – ce qui était ridicule, car cela n'arriverait jamais. Elle se contenta de sourire et reprit :

— En attendant, j'aimerais bien revenir aux Bermudes, dans mon bungalow. J'ai l'impression de ne pas en avoir assez profité. Et j'aimerais vraiment qu'on y retourne ensemble.

Elle retint son souffle...

— Moi aussi, murmura-t-il.

Les yeux rivés à l'azur à travers le hublot du jet privé de Chase, Jemima se sentait réellement soulagée d'avoir enfin parlé. Un fardeau lui était comme tombé des épaules. Elle se rendait compte à présent à quel point sa vie avait été guidée par la culpabilité et le chagrin. Chase avait levé ce voile, et elle l'y avait autorisé, consciente que lui aussi était resté longtemps piégé dans son passé. Il était évident que tous deux se comprenaient merveilleusement bien.

Du même coup, elle avait la sensation d'être libérée de son

attirance pour les losers, à travers laquelle elle avait cherché à se racheter de la mort de son père qui la hantait. De nouveaux schémas s'apprêtaient à se mettre en place dans sa vie.

Elle tourna la tête vers Chase... qui était justement en train de la regarder. Il n'était pas juste d'une beauté à se damner, il était aussi un patron bienveillant, il respectait les autres et la planète... Et il était si prévenant envers elle.

Sur une impulsion, elle demanda :

— Je peux t'emprunter ton ordinateur ? J'ai laissé le mien sur le *Miranda*.

— Bien sûr.

— Je veux écrire quelques lignes pour ma thèse.

Et durant les deux heures de vol qui restaient, elle rédigea plus que pendant les six mois précédents ! Elle avait enfin un plan !

— Ça avance bien ?

— Pas mal !

— Tu vas rapidement boucler cette thèse, j'en suis certain. N'oublie pas que tu dois sauver la planète ! Et que tu m'as déjà sauvé, moi.

Vraiment ?

Le bungalow de Joan était tout pimpant, se dit Jemima à leur arrivée, seulement, avec Chase à l'intérieur, il ressemblait à une maison de poupées !

Il ne lui restait plus que deux jours à passer ici. Ils en profitèrent pleinement, même si l'atmosphère était un peu douce-amère car la séparation était proche.

Le soir de son départ, ils regardèrent une dernière fois l'océan depuis la terrasse. Elle tentait de se persuader que, même s'ils avaient eu d'autres règles, Chase n'aurait pas été l'homme qu'il lui fallait. Il était bien trop passionné par la mer, la plongée, c'était une sorte d'addiction chez lui, et cela ne convenait pas à la nouvelle personne qu'elle était désormais.

— Il faut que j'aille préparer mes bagages, déclara-t-elle subitement. Mon avion décolle très tôt demain.

— Prends un autre vol.

— Impossible, tout est plein, j'ai déjà vérifié.

— Et si je te ramenais à Londres ?

— Pardon ?

Elle crut avoir mal compris.

— Je dois m'y rendre pour le travail la semaine prochaine, ainsi, tu pourras me montrer ton cottage. Et puis on pourra faire des bonshommes de neige dans ton jardin.

À ces mots, une sorte de lumière douce comme du miel s'infiltra en elle. Chase en Angleterre, chez elle ? Ses yeux s'accorderaient si bien au gui qui poussait autour de son gros chêne.

— Je ne veux pas que notre histoire se termine, Jemima, et j'ai l'impression que toi non plus, ajouta-t-il à brûle-pourpoint.

— Donc... ce sera comme de nouvelles vacances ? dit-elle avec lenteur.

À ceci près qu'elle devrait travailler.

— Ce pourrait être aussi un nouveau mode de vie. Une nouvelle vie.

Elle le regarda, confuse.

— Je t'aime, Jemima, et je crois que c'est réciproque.

Elle en demeura muette de surprise. Chase l'aimait ? Un manège de lumières venait de jaillir dans son cerveau, des milliers de couleurs y fusaient de toutes parts. Mais... était-ce vraiment possible ?

Non, elle était complètement folle de le croire !

— Chase... Nous prenons ce qui nous unit pour de l'amour

parce que nous sommes au paradis, ici. Tout est parfait. Mais ce n'est pas la vraie vie.

— Ça pourrait le devenir.

Vraiment ?

C'était si tentant… mais juste impossible. Elle devait se réveiller !

— Chase, ne complique pas notre séparation, qui est déjà assez douloureuse.

— C'est toi qui la compliques, Jemima. Ce que je dis est simple.

— Il y a un monde entre dire et faire, décréta-t-elle en se levant brusquement.

Les traits de Chase se durcirent.

— J'en suis parfaitement conscient. Ne me confonds pas avec tes ex-petits amis ou ton père. Je n'ai rien à voir avec eux ! Tu peux me faire confiance, et moi aussi. Tu m'as ramenée à la vie, à l'amour. Enfin, tu le sais !

En était-il bien sûr ? Décidément, il ne se voyait pas tel qu'il était.

— Oui, et je sais aussi que tu es un millionnaire qui recherche des trésors pendant son temps libre. Et ne me dis pas que c'est un hobby. J'ai bien compris que tu es addict à cette chasse aux trésors.

— Parce que, jusque-là, je n'avais rien d'autre comme adrénaline dans ma vie. Mais désormais tu es là, Jemima. Tu comptes plus que tout pour moi. Tu es réelle. Nous sommes réels !

— Non, nous vivons une expérience particulière, mais nous ne sommes pas dans le quotidien. Ce n'est pas la vie réelle.

— Jemima…

— Désolée, c'est impossible. Notre histoire était juste une amourette.

Elle était à la torture, mais elle ne pouvait prendre le risque de retomber sous l'emprise d'un homme fuyant la réalité dans les fonds marins.

À cet instant, il déclara d'une voix dure :

— Tu es une femme remarquable, intelligente, sexy, belle et forte. Et je pensais aussi que tu étais courageuse. Or, tu es lâche, Jemima. Tu refuses ma proposition par lâcheté.

— Va-t'en, s'il te plaît ! parvint-elle à dire, la gorge en feu.

Puis les larmes l'aveuglèrent, et elle se retrouva seule au paradis : alors qu'elle aimait Chase, elle venait de l'en chasser.

11

Le cœur battant, Chase regarda pour la énième fois son téléphone, puis leva la tête vers le ciel d'un gris changeant, qui lui rappelait les yeux de Jemima. Bientôt, il deviendrait bleu pâle, et alors elle serait partie…

Une perspective qui lui était complètement intolérable !

Se rendant sur la jetée, il se mit à contempler l'océan, se rappelant qu'ils y avaient nagé de façon intime et complice, après leur première plongée…

Il l'aimait, cette femme merveilleuse qui voulait changer le monde. Il s'était comporté comme un adolescent en lui proposant juste de continuer à se voir, alors qu'il était tombé amoureux d'elle dès le premier jour, dès qu'elle lui avait adressé la parole.

Pourquoi ne lui avait-il donc pas avoué plus tôt ?

Maintenant, elle allait repartir, le laissant seul pour affronter l'avenir, après cette parenthèse enchantée…

Quand son alarme perça le silence, Jemima trouva le son particulièrement aigu. Elle était réveillée depuis trois heures, à cause d'un cauchemar où le *Miranda* disparaissait au loin, tandis qu'elle restait toute seule dans le vaste océan…

De fait, elle était bel et bien seule, ce matin. L'absence de

Chase à ses côtés était si douloureuse : avec lui, elle se sentait joyeuse, sexy, forte… Pourtant, par lâcheté sans doute ainsi qu'il le lui avait reproché, elle avait refusé de reconnaître qu'elle l'aimait, d'accepter que l'amour qu'il disait éprouver pour elle puisse être réel. Et désormais, il était trop tard pour revenir en arrière.

Son téléphone vibra : un message de sa sœur.

Hâte de te revoir. La nouvelle Jemima et un peu l'ancienne aussi. L'irrésistible Jemima Friday xxx

Elle sentit son cœur se serrer. Elle s'était persuadée que le couple qu'elle formait avec Chase ne pourrait fonctionner dans la vraie vie, mais elle avait eu tort. L'irrésistible, avait écrit Holly. Comme elle regrettait sa réaction de la veille !

Tout à coup, ses yeux s'embuèrent.

Chase était différent de tous les hommes qu'elle avait connus, et elle-même était une autre personne avec lui. Pourquoi avait-il fallu qu'elle s'entête, sachant pourtant bien qu'elle ne pourrait jamais l'oublier ? Ce matin, elle comprenait que l'amour qu'elle éprouvait pour lui rendait toute autre chose insipide. Il était à la fois son oxygène, son eau, sa nourriture et son refuge.

Sans lui, elle ne survivrait pas. Hier, elle s'était sabordée !

Soudain, elle regarda l'heure. Son avion décollait dans une heure ! Comment pouvait-il être si tard ? Elle s'empara de son portable.

— Sam ! C'est Jemima Friday. Pourriez-vous me déposer à l'aéroport ? Je suis très pressée.

Après quoi, elle attendit qu'il arrive dans un état d'agitation extrême.

Entendant un bruit de moteur, elle se précipita à l'extérieur… et se figea. C'était Chase, et non pas Sam qui venait de descendre de l'auto…

— Qu'est-ce que tu fais là ? parvint-elle à articuler. Tu devais faire un tour en mer, non ?

— Je n'en ai finalement pas eu envie. Pas sans toi. Je sais que tu ne crois pas à mon amour, que tu penses que ce ne sont que des paroles en l'air, mais c'est faux, Jemima, archifaux... Je t'aime, et c'est pour cette raison que je veux t'accompagner en Angleterre. Je ne veux plus te quitter. Je n'ai pas été assez explicite hier, voilà pourquoi je suis revenu ce matin. Dis-moi qu'il n'est pas trop tard...

À cet instant, elle crut que son cœur allait éclater de joie.

— Non, Chase, il n'est pas trop tard ! s'écria-t-elle. Hier, j'ai paniqué, et après ton départ, je n'arrivais plus à respirer.

S'approchant de lui, elle lui saisit les mains. Il referma tout de suite les siennes dessus.

— Je n'aurais pas dû partir, dit Chase.

— Je n'aurais pas dû te rejeter. Mais j'avais si peur de te perdre !

Il posa le front contre le sien.

— Cela n'a pas de sens.

— Je sais, dit-elle en éclatant de rire, avant d'être submergée par des sanglots.

— En revanche, notre couple, Jemima, a du sens, reprit-il avec douceur.

— Tu as raison, approuva-t-elle tout essoufflée en lui touchant le visage.

— Tu es mon trésor, Jemima.

— Et toi le mien, murmura-t-elle.

Ils restèrent enlacés pendant un long moment, leur cœur battant au rythme des vagues... Puis Chase s'éclaircit la voix, et déclara :

— À propos, regarde ce que j'ai trouvé parmi mes trésors.

Normalement, je l'aurais donnée au musée, mais en l'occurrence, je lui ai trouvé une meilleure destination.

Dans sa paume, se trouvait une bague ornée d'une émeraude étincelante.

— Elle est merveilleuse, murmura-t-elle.

— Je me suis dit que tu pourrais la porter au doigt.

Et, sans transition, il glissa la bague à son annulaire ; elle n'osa pas bouger par crainte de se réveiller d'un rêve merveilleux…

— Je sais que c'était censé être une nuit sans lendemain, poursuivit-il, mais il y en a eu une autre, puis tant d'autres… Tu crois que cela peut devenir « pour toujours » ?

— C'est une demande en mariage ? demanda-t-elle en clignant des yeux.

Il hocha la tête.

— Alors la réponse est oui. Oui. Oui.

À cet instant, sa vue se troubla d'émotion et une joie lui envahit le cœur, si pure qu'elle eut l'impression d'être emplie de lumière.

— Jemima Farrar, prononça-t-elle. Ça marche.

— Bien sûr que oui ! Mais Chase Friday aussi, si tu préfères.

— Et si on accolait les deux ?

— Oui, mais dans quel ordre ?

Sur ces mots, ils éclatèrent de rire et s'embrassèrent avec fougue, tandis que le soleil se levait doucement sur la plage et que les vagues clapotaient contre le sable rose.

Vous avez aimé ce roman ?
Découvrez une nouvelle histoire de Louise Fuller
dès le mois prochain dans votre collection Azur !

RESTEZ CONNECTÉ AVEC HARLEQUIN

Harlequin vous offre un large choix de littérature sentimentale !

Sélectionnez votre style parmi toutes les idées de lecture proposées !

www.harlequin.fr

- **Découvrez** toutes nos actualités, exclusivités, promotions, parutions à venir...
- **Partagez** vos avis sur vos dernières lectures...
- **Lisez** gratuitement en ligne
- **Retrouvez** vos abonnements, vos romans dédicacés, vos livres et vos ebooks en précommande...

L'application Harlequin

- Des **ebooks gratuits** inclus dans l'application
- **+ de 50 nouveautés tous les mois !**
- Des **petits prix** toute l'année
- Une **facilité de lecture** en un clic hors connexion
- Et plein d'autres avantages...

Téléchargez notre application gratuitement

Télécharger dans l'App Store

DISPONIBLE SUR Google Play

SUIVEZ-NOUS !

facebook.com/HarlequinFrance
twitter.com/harlequinfrance